文 化 中 国

边缘话题

主编⊙乔 力 丁少伦

真情持守
凄苦缠绵《琵琶记》

门 岿 宋义婷／著

济 南 出 版 社

图书在版编目(CIP)数据

真情持守:凄苦缠绵《琵琶记》/门岿,宋义婷著.—
济南:济南出版社,2013.3(2023.5 重印)
(文化中国/乔力,丁少伦主编.边缘话题.第 3 辑)
ISBN 978 – 7 – 5488 – 0747 – 6

Ⅰ.①真⋯ Ⅱ.①门⋯ ②宋⋯ Ⅲ.①《琵琶记》—
戏剧研究 Ⅳ.①I207.37

中国版本图书馆 CIP 数据核字(2013)第 051816 号

策 划 丁少伦
责任编辑 吴敬华
装帧设计 侯文英

出版发行 济南出版社
地 址 济南市二环南路 1 号(250002)
发行热线 0531 – 86131730 86131731 86116641
印 刷 肥城新华印刷有限公司
版 次 2013 年 8 月第 1 版
印 次 2023 年 5 月第 3 次印刷
成品尺寸 168 毫米 ×230 毫米 1/16
印 张 12.25
字 数 140 千字
定 价 36.00 元

(济南版图书,如有印装质量问题,可随时调换。联系电话:0531 – 86131736)

编辑委员会

主　编　乔　力　丁少伦

副主编　宋义婷

编　委　孙鹏远　张云龙　屈小强　武　宁

　　　　武卫华　洪本健　赵伯陶　潘　峰

中国传统文化悠远深沉、丰厚博广，犹如河汉之无极。对历史文献的发掘、梳理、认知与解读，则是一个持续不断的过程。而《文化中国：边缘话题丛书》，借以丰富坚实的史料，佐以生动流畅的散文笔法，倚以现代的思维和理性的眼光，立以历史的观照与文化的反思，将某些文化精神进行溯源与彰显，以启发读者的新审美、新思考和新认知。

何谓"文化中国"？"周虽旧邦，其命维新。"文化中国乃以弘扬中国文化为主旨，以传承中国文化为责任，以求提升中国民众的人文素质。而传统文化的发掘与传承，需要新的努力；传统文化解读与现代意识反思之间的纠葛与交融，需要新的形式。正如陈从周先生在《园林美与昆曲美》中所说的那样：

文化中国·边缘话题

主编人语

中国园林，以"雅"为主，"典雅"、"雅趣"、"雅致"、"雅淡"、"雅健"等等，莫不突出以"雅"。而昆曲之高者，所谓必具书卷气，其本质一也，就是说，都要有文化，将文化具体表现在作品上。中国园林，有高低起伏，有藏有隐，有动观、静观，有节奏，宜欣赏，人游其间的那种悠闲情绪，是一首诗，一幅画，而不是匆匆而来，匆匆而去，走马观花，到此一游；而是宜坐，宜行，宜看，宜想。而昆曲呢？亦正为此，一唱三叹，曲终而味未尽，它不是那种"嘣嚓嚓"，而是十分婉转的节奏。今日有许多青年不爱看昆曲，原因是多方面的，我看是一方面文化水平差了，领会不够；另一方面，那悠然多韵味的音节适应不了"嘣嚓嚓"的急躁情绪，当然曲高和寡了。这不是昆曲本身不美，而正仿佛有些小朋友不爱吃橄榄一样，不知其味。我们有责任来提高他们，而不是降格迁就，要多做美学教育才是。

《文化中国：边缘话题丛书》，亦如陈从周先生所言之"园林"与"昆曲"，正是以展示中国文化此种意蕴与神韵为己任的。

何谓"边缘"？20世纪80年代后期，学术降落民间，走向大众，体现了对大众文化和下层历史的更多观照。由此，"大历史观"下的文化研究，内容日趋多元化，角度渐显层次，于是，那些不处于主流文化中心的，不为大多数人所熟悉的，或散落在历史典籍里的，但却是中国传统文化重要组成部分的人或事，日渐走进人们的视野，丰满了历史的血肉。对于这些人或事的阐述与解读，是对中国文化精神进行透视与反思的一个重要方面，其意义亦甚为厚重而深远。

何谓"话题"？《文化中国：边缘话题丛书》，为读者提供了一种文化解读的别样文本，讲求深入浅出、雅俗共赏，采用"理含事中，由事见理"的写作风格，由话入题，由题点话，以形象化、生动化的表述，生发出个人新见和一家之言。这种解说方式是以学术研究为基础的，绝不戏说杜撰，亦非凿空立论，正是现如今大多数中国读者所喜闻乐见的讲述方式，呈现出学术与趣味的统一，"虽不能至，固所愿也"。

《文化中国：边缘话题丛书》第三辑共计五种。然而，它却与此前已经面世的第一、第二两辑，表现出颇为明显的类型性差异。换句话说，即第三辑不再像以前那样，择取某些历史文化人物、事件、现象或横断面为关注题材，自拟书目以叙写我们的重新发现和特定的认知理解，而是依托中国传统文化经典宝库的一些文学作品所生成——其实，这种显著的不同，也更充分体现在《文化中国》另一并列的系列《永恒的话题》已出版过的几十种书上面。在这里，固然也循例述说相关文学作品的缘起、流变、思想内容及影响，评论其艺术特征、审美理想，但是，它却并非文学史性质或相应作家作品研究的专题著作。

要言之，本辑与大型丛书系列《文化中国》的总体旨趣、撰写取向仍然相一致，据此以阐发、析论这些古典戏曲巅峰之作（是可谓"极品"）所贯注的某种文化精神，那深层所含蕴勃动着的、持续彰显出的时代意义（古代的和现代的）；并以之追寻那终极价值的认定，或参与到有关集体情感的繁杂艰难重塑过程里。"浩茫连广宇"，因时间而空间，上溯古人形象，下及读者群体，期待能臻达心灵深处的契合感应，接受我民族传统里本有的一种纯洁美好，日渐疏离那些世俗的浮躁和阴霾……

所以，依据本辑的主题，即它穿透漫长岁月编织就的重重云雾，却依然不变的那份恒久持守，便径直命名为"永远的青春与爱情"（这在《永恒的话题》和《边缘话题》两大书系中，则属另类专有）。因之它的整体风格面貌，也自然特别于此前的凝重端严或轻便闲适，转而趋向了热烈浓挚，不时流溢出蓬勃的生命活力与丝丝温润柔和情味，甚至还笼罩着一些纯净的理想主义色彩——这也许是当下的"最稀缺资源"。简单说来，就是从所处时代氛围中，立足于现代人的视觉、意识去重新看待古典戏曲的那些人和事，由文学而及文化层面，作个体生命现象与社会人生意义的再解读。如果仍然以整个丛书所习用的依类相从的方法，这五种却又各有所侧重：

《西厢记》历来就被文学史、戏剧史家们激赏作"天下夺魁"，虽万口莫有异辞。它的情节美、人物美、意境美、曲词美，犹如"花间美人"，集众美于一体，是中国古典戏曲的辉煌标志。不过，《爱情范本：纯真明朗〈西厢记〉》还更关注其所创具的艺术范型意义，从其诞生后的几个世纪以来，这个喜剧早已经从虚构的故事演变成为人生的真实愿望，牢牢根植在社会大众心底，它"愿天下有情人都成了眷属"的鲜明主旨，至今也仍然能够让人们充分意识到人性的美好和自由的可贵，认清楚束缚人们的自由心灵、阻挠人们的纯真爱情、摧残人们的良善人性的势力是多么可恶可憎，更相信人生幸福必须要靠自己去争取奋斗。

《牡丹亭》描写了"情不知所起，一往而深。生者可以死，死可以生"的"至情"，它与《西厢记》虽然同样关注个体生命之爱，但是，《痴情穿越：浪漫唯美〈牡丹亭〉》更强调了对生命尊严和个性自由的热切呼唤，张扬了青年男女对幸福爱情的执着追求，并认为剧中的这个"情"字，深刻触及社会的人性伦理、道德秩序，乃至其时代人格和艺术品格之坚持，实开启着"人情之大窦"。你看，那一灵未泯、人鬼抵死缠绵的曲折离奇故事，对所有的有形无形束缚羁绊的不懈抗争，浓墨重彩地渲染夸张青春与情欲之美，都抹去了《西厢记》的轻喜剧色调，涉及到更为复杂广阔的社会现实生活。在"妙处种种，奇丽动人"的艺术境界里，激烈冲撞伴随着浓挚灼热的情缘相共生。

向称"南戏之祖"的《琵琶记》与通常类型的爱情剧有显著不同，它并没有对男女恋情多费笔墨，却将夫妻之情融合在历史人生大背景下，就古代读书人的普遍遭遇，展现出一个典型的家庭悲剧。故而严格说来，将其视作婚姻类型的社会剧更恰切些。《真情持守：凄苦缠绵〈琵琶记〉》认为，综览此剧的立意主旨，或许是在于说明那个时代与世风，那些礼教观念和社会制度对个人命运的严密制约，对人自由自主的严酷压抑。所以，剧中塑造的主要人物形象虽无一不备具美好的人性、善良贤德，他们之间所产生的沉重感情纠葛却既非来源自本身，也更难以判断是非，遽作取舍。无解之下，也只能以相互退让，凭谦恭包容求得"大团圆"式的欢喜结局了。

至于《长生殿》和《桃花扇》二剧，则皆为那种基本上依托于或多或少的历史真实，且与国家政事密切关联交融，甚或直接推动决定了情节走向与结束的"准爱情"类型。在这里，情侣双方之间的关系，以及两个人各自的遭际命运，都无不受制约而被动于当时的军国政治局势和朝野上下某些事件的发生影响，而当事者本人却对自我人生道路的选择颇为无奈。《挚诚情缘：千古遗恨〈长生殿〉》尤揭示出此种"宿命"，尽管主角拥有皇家帝室的特殊尊贵身份，仍显隐不等地主导或参与到大唐王朝由盛转衰的关捩中来。它紧紧把握住历史的主脉，再去全面梳理、分析这段史上最受关注、最为著名的情变故事，其超迈许多政治与爱情背叛的泥沼所建立起的挚诚恋情，却终至毁灭的曲折历程，那因多种可能选择组成的扑朔迷离的结局，以及"男女知音互赏"、"爱情背叛者悔恨痛苦"、"仙界团圆浪漫神秘"的新表现模式，使之成为中国文学史和艺术史上流传久远、已经佳作迭现的"李杨爱情"题材的最后巨制。

《桃花扇》也同样取借历史上的真实人物作为男女主角，不过，与前者所不同之处在于，它只是对二人原先较为平淡短促的悲欢聚散经历加以渲染点化，用之贯穿勾连起南明弘光小朝廷的兴亡。那么，其篇幅所占比重自然便有限。《离合兴亡：文人情怀〈桃花扇〉》画龙点睛式地认为，爱情固然亦作为本剧之主线，但却并非以描写儿女私情为主旨；它着重表现的是南明王朝一载即败亡覆灭的始末本源，关注对历史教训的深刻反思，不时流露出对故国的深沉悼念，浸染着浓重的家国意识。并特别指明，《桃花扇》的作者置身在异族入主中原的新朝伊始，犹及亲自见闻于前朝遗老风范与故都风物，且有意多所交接历览，故之那份种族兴替的巨大创痛、朝代更易的沧桑变感，也便会迥异于其他剧作者而更加切实深永了。

诗云："鹤鸣于阴，其子和之。鹤鸣九皋，声闻于天。"《文化中国：边缘话题丛书》洋溢着对中国传统文化的热情，贯通着对优秀文化传承倡扬的理想追求。它也依然循守这套大型丛书系列的整体体例和价值倾向，即根柢于可征信的确实文献史料，透过新时代意识的现代观照，出之以清便畅朗的"美文"与图文并映互动的外在形式，以求重新解读那些纷杂多元的历史文化话题及文学现象，就相关的人物、事件给出一些理性评说和感性触摸。所以，它因其灵活生动的巨大包容性，强调"可操作性与持续发展之张力"，已经形成为一个长期的品牌选题，分若干辑陆续推出，以期最终构建起大众文化精品系列群。

乔力　丁少伦
于 2013 年季春之月

目 录

引　言

001

真情持守
凄苦缠绵
《琵琶记》

WEN

HUA

ZHONG

GUO

　　《琵琶记》是我国古代戏曲中的经典名著，作者是元代的高明。全剧四十二出，属于南戏戏种。该剧无论在思想内容上、人物形象的塑造上，还是在剧本结构和戏曲语言等方面，都有很高的艺术造诣。该剧的问世，是元杂剧日趋衰微、明清传奇开始登上历史舞台并走向全面兴盛的标志和分水岭。可以说《琵琶记》为明清传奇创作奠定了基础，并对后世的戏曲发展产生了深远的影响。《琵琶记》与《西厢记》、《牡丹亭》、《长生殿》、《桃花扇》并称中国古代五大爱情名剧，与《窦娥冤》、《汉宫秋》、《赵氏孤儿》、《精忠旗》、《娇红记》、《清忠谱》、《长生殿》、《桃花扇》、《雷峰塔》并称中国十大古典悲剧。它的剧情凄苦缠绵，歌颂了主人公历经磨难

持守真情的美好品格。它在中国戏曲史上曾经独领风骚，有着不容忽视的重要地位。

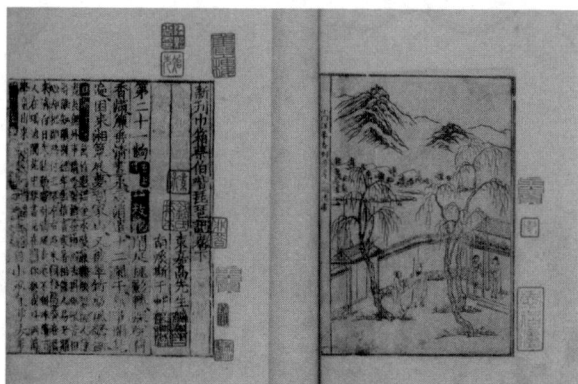

第一章

流传已久的爱情故事

003

真情持守
凄苦缠绵
《琵琶记》

WEN

HUA

ZHONG

GUO

一、《琵琶记》故事的由来

古典戏曲《琵琶记》写就于元末明初，自从它一问世，迅即广泛流传，很快就成为一部家喻户晓的戏曲。作者高明在剧本开场述说戏曲的故事梗概为："赵女姿容，蔡邕文业，两月夫妻。奈朝廷黄榜，遍招贤士，高堂严命，强赴春闱。一举鳌头，再婚牛氏，利绾名牵竟不归。饥荒岁，双亲俱丧，此际实堪悲。堪悲，赵女支持，剪下香云送舅姑。把麻裙包土，筑成坟墓；琵琶写怨，迳往京畿。孝矣伯喈，贤哉牛氏，书馆相逢最惨凄。重庐墓，一夫二妇，旌表门闾。"由高明的简介可知，这是一个情节曲折的故事，并且还是一个内容凄苦感情缠绵的爱情故事。故事的主人公是蔡邕伯喈和赵女五娘、牛氏小姐。

《琵琶记》故事说的是：汉代，有一女赵氏五娘，天生丽质，她嫁

蔡邕（133～192）

给了文才出众的书生蔡邕伯喈（姓蔡，名邕，字伯喈）。蔡伯喈与赵五娘新婚刚刚两个月，赶上朝廷开科考试招纳贤才，蔡伯喈的父亲为儿子前程考虑，立马逼蔡伯喈去应考。蔡伯喈奉父命赴京应试，中了状元。牛丞相有一女未婚，奉旨招新科状元为婿。蔡伯喈就又娶了丞相的女儿牛小姐。受名缰利锁羁绊，蔡伯喈滞留京都。谁知他的家乡连年遭受旱灾，赵五娘任劳任怨服侍双亲，让公公、婆婆吃米，自己则偷吃糟糠。后来两位老人都死于饥荒。五娘剪掉头发卖钱下葬双亲后，身背琵琶，沿路弹唱乞食，往京城寻夫。结果被牛氏请至府内弹唱，道明身世。在贤惠的牛氏撮合下，五娘与伯喈得以团聚。蔡伯喈得知父母双亡，乃上表辞官，携赵氏、牛氏同归故里，庐墓守孝。后来皇帝下诏，旌表蔡氏夫妻孝义。

这个故事的男主人公蔡邕是历史上一个真实的人物，他原是东汉末年大名鼎鼎、多才多艺的杰出文士。《后汉书》卷九十（下）有他的长篇传记。传称：蔡邕，字伯喈，陈留圉人，生于东汉顺帝阳嘉二年（133），汉献帝初平三年（192）因董卓被诛受牵连，下狱而死，享年60岁。他的一生，是东汉王朝从衰败走向崩溃的时期。蔡邕才华横溢、学识渊博，在当时甚至在中国历史上，都可以说是一位著名的文学家、史学家、书法家、音乐家。他精通经史、辞赋、数术、天文、律历、音律、书画。在文学上，他的创作对建安时期的"三曹七子"及南北朝作家都有直接影响；在史学上，他立志撰集汉史，不仅参与了《东观汉记》的编撰，还亲自撰写了十志、《独断》、《月令章句》等著述，给后来修《后汉书》的学者留下了极其宝贵的第一手资料；

他的书法、绘画、音乐创作等，在各自领域都达到了当时的最高成就，代表着东汉时期的最高水平，不仅冠绝当时，而且影响深远。蔡邕书法工篆书隶书，尤以隶书著称，结构严整。他所创"飞白书"，对后世许多书法家有很大影响。

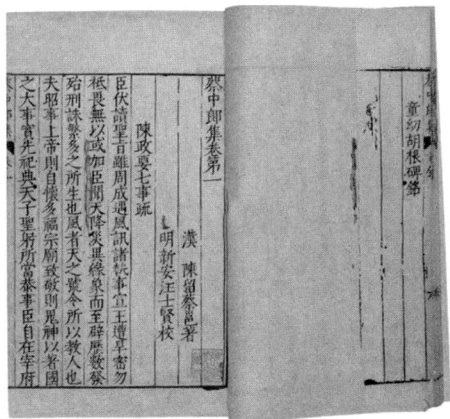

蔡中郎集

蔡邕一生著述十分丰富，《后汉书·蔡邕传》称：其撰集汉事，未见录以继后史。适作《灵纪》及《十意》，又补诸《列传》四十二篇，因李傕之乱，湮没多不存。所著诗、赋、碑、诔、铭、赞、连珠、箴、吊、论议、《独断》、《劝学》、《释诲》、《叙乐》、《女训》、《篆势》、祝文、章表、书记，凡百四篇，传于世。

此外，蔡邕还是个出了名的孝子。《后汉书》说他"性笃孝"。

蔡邕在董卓专权时受到器重，官左中郎将，所以人们又称他"蔡中郎"。董卓被杀后，蔡邕感于知遇之恩，流露出伤痛之情，因而被王允派人"黥首削足"下狱致死。在《后汉书》中，蔡邕的传记的篇幅是最长的，足以说明史学家对蔡邕相当重视。后人又将其存留的文学作品编辑为《蔡中郎集》流传至今。

关于蔡邕其人的遭遇，小说《三国演义》在第九回中也有描写。不过小说基本忠于史实，反映了蔡邕实际面貌，而民间文学对蔡邕则几乎是信口开河、随意编排，把蔡邕的面貌描绘得与真实人物几乎无相像之处，并且还为他编造了一个莫须有的老婆——赵贞女，还有一个小老婆——牛氏。在《琵琶记》中赵贞女则进一步演变成为赵五娘。

《琵琶记》的故事源于何时，现已无从查考。但是故事被写成戏

剧，却是很早的事。明代徐渭的《南词叙录》中，叙述南戏起源于宋光宗时，首先传世的便是《赵贞女》和《王魁》。可以确知远在《琵琶记》成书以前的宋代和金代，民间就流传着关于蔡伯喈的传说。开始可能是以说唱形式在到处流传。宋代诗人陆游《小舟游近村舍舟步归》诗："斜阳古柳赵家庄，负鼓盲翁正作场。死后是非谁管得，满村听说蔡中郎。"就是明证。诗里所说的"负鼓盲翁"的说唱，可能就是后来浙江瑞安鼓词的早期表演形式。与鼓词《蔡中郎》同时或稍后出现的还有金代院本，"院本"就是中国最初的戏剧形式，产生于中国北方。元人陶宗仪《辍耕录》所记载的"院本名目"中，就著录有院本《蔡伯喈》。元杂剧中也曾一再引述其故事情节。

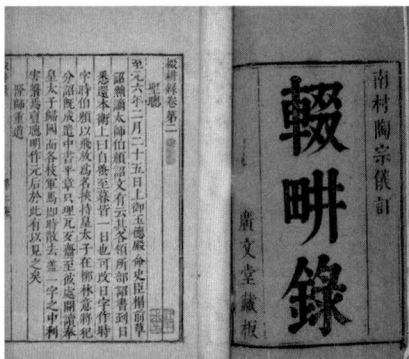

"院本"是北方的戏曲样式，同时在南方还有用地方乐曲演唱的南戏形式。南戏剧目中也有《蔡伯喈》和《赵贞女》的故事。当时人们把南戏又称做"戏文"。明代文学家徐渭在他《南词叙录·宋元旧编》中就记载有《赵贞女蔡二郎》的戏文名目。他记述其故事内容为"蔡伯喈弃亲背妇为暴雷震死"，同时指出两点：一是内容系"里俗妄作也"，二是在艺术成就上"实为戏文之首"。"戏文"就是南戏的早期称谓，起源于宋光宗（1190～1194）时。这些民间文艺作品中的蔡伯喈，已改变历史人物的原本面貌，被描绘成了一个上京赶考，中状元后一去不回，"弃亲背妇"、"不忠不孝"的反面形象。他凶狠地让马踏赵贞女，最后被暴雷劈死。一代孝义双全的名儒，多才多艺的文士，在民间文学被描绘成了一个忘恩负义的人物。

《琵琶记》的故事在继承《赵贞女》故事框架的基础上，保留了

赵贞女的"有贞有烈"，但对蔡伯喈背亲弃妇被雷击而死的形象做了全面的改造，将蔡伯喈这个"负心人"改塑为"违心人"，为他抛弃家庭、另娶贵妻寻找理由——系被人胁迫而不得已，让他成为了"全忠全孝"、"有情有义"的大丈夫，把一个反面人物变成了正面人物，从而塑造出一个全新的人物形象，并赋予了剧作深刻的社会内容和深远的意义。高明之所以做巨大改动是出于他对时代和社会的认识，出于他对人性的理解和愿望，或者他更不愿蔡伯喈这个历史上著名的人物继续在民间背负恶名。

尽管高明写《琵琶记》似乎是为蔡邕正名翻案，但无论是《赵贞女蔡二郎》，还是《琵琶记》，也都只是假托蔡邕的名字，它们所演绎的故事与历史上真实的蔡邕的人生历程，有着非常大的出入，甚至可以说毫不相关。

但是剧中的蔡伯喈毕竟与历史人物同名同姓，甚至故事发生的地点，也跟蔡伯喈生平经历相符合，所以后人便各自妄加猜测，以为戏剧写的就是某个历史人物的轶事。当然这些都是无稽之谈。文学作品的人物形象就是来源于生活，而绝不是机械照搬生活原貌。所以我们只能说《琵琶记》的故事，最早来源于人民大众的创造，其中主要人物蔡伯喈也好，赵五娘也罢，以及牛小姐，不管历史上是否有同名同姓的人，它们也都与真实的历史人物并无瓜葛。文学人物戏曲人物都是艺术形象，是作者的艺术创造。明白了这一点，我们就可以摆脱真实历史人物与戏剧文学创作的艺术人物的纠葛，完全从作品本身去分析和探讨它的思想价值和艺术价值，从而也就可以了解为什么几百年来以至到如今，《琵琶记》还传唱不衰，为什么《琵琶记》会在全世界都享有盛誉。

007

真情持守

凄苦缠绵
《琵琶记》

WEN

HUA

ZHONG

GUO

二、南戏有何特色

众所周知，京剧是国剧，是中华戏曲艺术的瑰宝，享誉全世界。京剧是华夏民族独特的文化艺术中的一支奇葩，在世界艺术之林中独树一帜。京剧的音乐、脸谱、服装和虚拟的表演艺术程式令人赞叹不已，在全世界观众心目中都留下了独一无二的深刻印象，被世界各国爱好艺术的人们所钟爱。但是或许还有不少人并不了解——中国的戏曲并不是只有京剧一个门类，在漫长的历史发展过程中，华夏民族在各个时代各个地域都曾创造出一些不同的剧种，它们各有特色，有的已经成为绝响，有的至今仍然活跃在舞台上。2001 年 5 月联合国教科文组织在巴黎宣布第一批"人类口述和非物质遗产代表作"名单中，中国的昆曲艺术就入选其中。而后广东粤剧、藏戏等也于 2009 年入选《人类非物质文化遗产代表作名录》。

回眸中国戏曲发展历程，中国戏曲在唐宋时期就已经在萌芽孕育，到金元之际已经趋于成熟，金院本作为早期戏曲的一种样式流行于北方，继而在其基础上，融合了当时流行的"诸宫调"、"唱赚"、"宋杂剧"等多种艺术形式，产生了杂剧，并且在元代迎来了中国戏曲史上第一个大繁荣的时期。那时候的戏曲——元杂剧，样式是一本四折，由一个角色，或旦角，或末角主唱。终元一代，杂剧演出遍布大江南北、长城内外，作家和演员辈出，这是有文献可证的。不少剧作，像《西厢记》、《窦娥冤》、《赵氏孤儿》等一直流传至今，被各种戏曲改编演唱，有的还被译成外文，传播到国外。著名的元曲

徐渭（1521～1593）

四大家之一的关汉卿一个人就曾创作了六十多个剧本。1958 年，关汉卿被世界和平理事会列为世界十大文化名人之一。

金院本和元杂剧是以北曲演唱的剧种。在中国南方还流行着迥异于北曲的南曲，以南曲演唱的戏曲剧种，当时人就称做"南戏"，也称做"戏文"。据文献记载，南戏最早出现于北宋末年浙江温州一带，也是中国

汤显祖（1550~1616）

戏曲史上一种比较早的成熟的戏曲样式。据明代祝允明《猥谈》记载："南戏出于宣和（1119~1127）之后，南渡之际，谓之温州杂剧。"而徐渭在嘉靖三十八年（1559）完成的《南词叙录》一书则曰："南戏始于宋光宗朝，永嘉人所作《赵贞女》、《王魁》两种实首之……或云宣和间已滥觞，其盛行则自南渡，号曰'永嘉杂剧'，又曰'鹘伶声嗽'。"南戏有戏文、温州杂剧、永嘉杂剧、鹘伶声嗽、南曲等称谓。但是由于改朝换代，蒙古人灭掉金和西夏王朝，继而南下灭宋，统一中原建立元朝，蒙古统治者所喜爱的北曲则风行一时，以北曲演唱的杂剧遂以绝对优势流行全国，一时南戏就只有蜗居南方，不能与杂剧抗衡。随着再一次改朝换代，蒙古人所蔑视的"南人"执政，建立了明王朝，南戏则乘势而起，由南而北并吸收了杂剧优长，杂剧遂渐渐消衰。关于此间戏曲流变过程，《南词叙录》有详细记载："其曲，则宋人词而益以里巷歌谣，不叶宫调，故士夫罕有留意者。元初，北方杂剧流入南徼，一时靡然向风，宋词遂绝，而南戏亦衰。顺帝朝，忽又亲南而疏北，作者蝟兴，语多鄙下，不若北之有名人题咏也。"但是南戏毕竟兴盛起来，作家逐渐增多，在南戏基础上兴起的新的戏曲样式——明清传奇随后风靡全国，产生了许多著名戏曲作家和作品。例如汤显祖和他的"临川四梦"，其中脍炙人口的就是至今还在演唱的

真情持守

凄苦缠绵
《琵琶记》

WEN

HUA

ZHONG

GUO

《牡丹亭》，还有孔尚任的《桃花扇》，洪昇的《长生殿》等等著名剧作。

南戏之所以取代杂剧独领风骚数百年，首先在于时代的变化和风尚习俗的改变。明代著名曲论家王骥德在其名著《曲律》开篇即言："入宋而词始大振，署曰'诗余'，于今曲益近。……然单词只韵，歌只一阕，又不尽其变。而金章宗时，渐更为北词，如世所传董解元《西厢记》者，其声犹未纯也。入元而益漫衍其制，栉调比声，北曲遂擅盛一代。顾未免滞于弦索，且多染胡语，其声近嚰以杀，南人不习也。迨季世入我明，又变而为南曲，婉丽妩媚，一唱三叹，于是美善兼至，极声调之致。始犹南北画地相角，迩年以来，燕赵之歌童舞女，咸弃其捍拨，尽效南声，而北词几废。何元朗谓：'更数世后，北曲必且失传。'宇宙气数，于此可觇。"但是南戏的兴起不仅是因为改朝换代时尚变化，根本原因还在于南戏有自己的特色，较之杂剧有更多的优长和特点：

其一，南戏故事情节一般都比较曲折复杂，所以剧作一般都比杂剧篇制宏大，剧本一般都是长篇，数倍于杂剧。一本南戏长的可达五十多出，短的也要二三十出。这为戏剧反映广阔复杂的社会生活提供了更方便的样式。

其二，南戏用南方曲调演唱，取材于民间音乐小调，像民歌、词曲歌体、诸宫调等音乐成分，均被广泛吸收。韵律和宫调都没有太严格的规定。民间词曲、村坊小调，不拘一格，只要相互协调，便可连缀起来。因此唱腔音乐比杂剧显得丰富多彩。再者南戏比之杂剧的音调总体特色是更加柔媚婉转，这就使南戏更适于演唱情意缠绵、悲欢离合的情爱故事。

其三，南戏形成后，在东南沿海各地传播，由于各地音调音色的不同，又逐渐形成了不同的南曲声腔，如海盐腔、余姚腔、昆山腔、

弋阳腔、潮泉腔等。在唱腔音乐上南北曲兼用，又可以比较灵活地吸收地方民间乐曲小调。因为南戏比杂剧更具包容性，所以受到南北民众的喜爱。

其四，南戏的角色有生、旦、净、末、丑、外、贴七种，演唱的方式比较自由，富于变化，各种上场的角色都可以唱，形式灵活，有独唱、对唱、轮唱、合唱等。这种

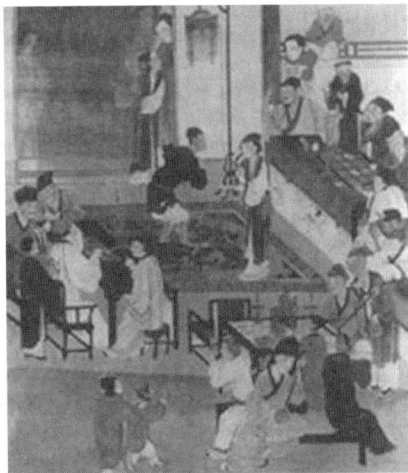

早期戏文（南戏）演出场景图

011
真情持守
凄苦缠绵
《琵琶记》
WEN
HUA
ZHONG
GUO

演唱方式比杂剧一人或旦角或末角主唱的形式要合理得多，更有利于表达复杂的故事内容和人物性格。南戏的角色阵容则奠定了中国戏曲艺术以生、旦、净、末、丑组成的角色阵容与行当格局。

南戏有此四种特色优势，代替杂剧，蔚然兴起可谓是必然趋势了。

现知宋元南戏剧目有两百多个，但流传的剧作不到十分之一，其中《荆钗记》、《白兔记》、《拜月记》、《杀狗记》是最有名的四大南戏。而出自元末的《琵琶记》，其成就则比四大南戏更为突出，是历代戏曲出版物中版本最多、流传最广、影响最大的中国古典戏曲作品。以《琵琶记》为标志，南戏开始由民间的传唱文学成为文人的"传奇"创作，也标志着南戏从民间俚俗艺术形式逐渐发展到全面成熟的阶段，所以它是南戏发展史上的里程碑，人们称《琵琶记》为"南戏之祖"。

三、众所公认的"南戏之祖"

本来南戏《赵贞女蔡二郎》可以说出现最早，是"南戏之首"，

但由于其在内容上的粗浅和艺术上的粗疏，它并不能代表南戏的成就。后来四大南戏——荆、刘、拜、杀问世，标志南戏创作已经进一步发展，但惜乎没有一部剧作称得上完美，只有《琵琶记》一出，才使人们眼前一亮，它的耀眼光辉，明显地使同时期的其他剧作黯然失色。它在思想性、艺术性两方面都取得了骄人的成就，因而被曲家公推为"南戏之祖"。明代戏曲家魏良辅曾说："《琵琶记》自为曲祖，词意高古，音韵精绝。"徐渭《南词叙录》说《琵琶记》"用清丽之词，一洗作者之陋，于是村坊小技，进与古法部相参，卓乎不可及已"。《琵琶记》的问世，为以后明清传奇的创作树立了榜样，奠定了基本的形式格局，在戏曲结构、体例、规模、情节、语言、音乐等方面，都起到了开山铺路的先导作用。在内容上，《琵琶记》巧妙地将表现现实世态人情和表现剧中人物感情融合于一体，从而使南戏的表现内容极大扩展。它以现实世态做骨架，以剧中人情为血肉，结构剧情，刻画人物，取得了极大的成功。

《琵琶记》的故事渊源甚深，经过民间上百年的流传加工，在故事内容里熔铸了民众的喜怒哀乐的情感和认知。这些情感和认知又深深植根于中华民族的文化传承，所以《琵琶记》作者高明在此基础上的加工再创作，就得天独厚，再加上高明本人深厚的文学修养，丰富的人生经历，对社会面貌的深刻认识，从而使《琵琶记》的思想内容相当丰厚。正是由于其内容的博大，一时间使人们难以全面把握和透彻认识，以至于几百年来人们还对其思想内容和美学价值争议不休。但是，尽管人们认识不全，却都各自看出其内容的可取性、启发性、先导性，比如该剧里的部分关目，像子女为父母祝寿开场，一夫二妇和好团圆结局，以教化为主旨等，就被其后明清许多戏曲家袭用。该剧中鲜明的对现实的描绘和针砭，也为后来许多戏曲家所借鉴。从王世贞到李玉、朱素臣等等，许多戏曲家都或多或少从《琵琶记》汲取过营养。明中叶以来，还出现了题材类似而倾向不同的作品，如明代弋阳腔的《珍珠记》，清代花部地方戏《赛琵琶》等，这都说明《琵琶记》的确无愧于"南戏之祖"之称。

《荆钗记》、《白兔记》、《拜月亭》、《杀狗记》、《琵琶记》号称五大传奇

《琵琶记》的结构布置一向为人所称道。吕天成《曲品》说该剧："串插甚合局段，苦乐相错，具见体裁。可师可法，而不必议者也。"《琵琶记》以赵五娘和蔡伯喈不同遭遇的双线并行展开剧情：一条线是蔡伯喈步步陷入功名的罗网，心情苦闷地处于一种繁华富贵的环境中；一条线是赵五娘含辛茹苦，拼命挣扎在苦难的境地。蔡伯喈在京城富足的生活和赵五娘在家乡的苦难景象交错安排，形成强烈对比。蔡伯

真情持守

凄苦缠绵
《琵琶记》

WEN

HUA

ZHONG

GUO

王世贞（1526~1590）

嗤的"成婚"与赵五娘的"食糠"，蔡伯喈和牛小姐"弹琴"、"赏月"与赵五娘的"尝药"、"筑坟"穿插描写，一乐一苦对比十分鲜明。这种结构突出了戏剧冲突，加强了悲剧的气氛，增强了戏剧的感染力。

《琵琶记》词采丰富，既有清丽文语，又有本色口语，而最重要的则是语言体贴人情，切合戏剧人物的身份，地位，处境。王世贞《艺苑卮言》说："则诚所以冠绝诸剧者，不唯其琢句之工，使事之美而已。其体贴人情，委曲必尽；描写物态，仿佛如生；问答之际，了不见扭造：所以佳耳。"毛声山评本《琵琶记·前贤评语》引汤显祖评论说该剧中的语言，"都在性情上着工夫，并不以词调巧倩见长"。也就是说《琵琶记》的语言自然，贴近生活的本来面貌，能够比较深入地写出人物的心理和感情活动。比如《糟糠自餍》一出，两支【山坡羊】曲，第一支曲写灾荒年月，丈夫离家，五娘独撑家门，奉养双亲的艰难处境。第二支曲写赵五娘终日悲苦，泪水难尽，满怀愁绪，饥病交加，岁月难捱。字字句句都是赵五娘苦难生活的真实写照，同时也是当时广大民众亲身经历的写照。而后【孝顺歌】曲词写到由糠和米的分离，赵五娘联想到自己的遭遇，连糠也不能比："糠和米，本是相依倚，谁人簸扬你作两处飞？一贱与一贵，好似奴家与夫婿，终无见期。（白）丈夫，你便是米呵，（唱）米在他方没寻处。（白）奴家恰便似糠呵，（唱）怎的把糠来救得人饥馁？好似儿夫出去，怎的教奴，供膳得公婆甘旨？"这些曲词以口头语写心间事，可谓字字句句生动自然，曲尽人情，凄楚动人，催人泪下。剧中无论写赵五娘的历经磨难贤惠孝顺，还是写蔡伯喈的进退两难踟蹰苦闷，都有其真实的生活基础。这种深入地展现人物性格特色和细微心理活动的写法给后人

的创作树立了很好的典范。《琵琶记》的曲词成就，可以说大大超过了早期戏文，也超过了同期其他南戏作品。

在戏曲的音乐声调格律方面，《琵琶记》改变了早期南戏纯以民歌小调作唱，不讲究宫调配合的做法，该剧根据剧情的需要，斟酌曲牌的特色、声情的哀乐，以及相互间的组合搭配，加以妥帖的安排。可以说，该剧特别注意戏曲的音乐形式服从其内容的需要来设定。正是从《琵琶记》开始，南戏悲剧的戏曲音乐，逐渐趋于典雅化和规范化。最初的《赵贞女蔡二郎》还只是侧重于使用常用南曲曲牌的"引子"来表达悲情，其后的南戏悲剧，则更注意到选择宜于渲染苦情的南曲曲牌，加强悲剧的声情。《琵琶记》这方面尤为突出，它着意选取声情悲哀的乐曲为主曲，然后组合为基调悲哀的套曲，既谨严有序，又曲调忧伤，使得全剧的悲剧气氛和声情的表达十分充沛。这无疑开启了明清传奇悲剧选曲联套以适应剧情的先河。

《琵琶记》在艺术上所取得的成就，不仅影响到当时剧坛，而且为明清传奇树立了楷模。《琵琶记》以其成熟的艺术形式和动人的故事内容成为明清戏曲——"传奇"的开山之祖。《琵琶记》标志着南戏的中兴，它为南戏的体制、写法，确定了规范，改变了当时北杂剧在剧坛上的独霸地位。《琵琶记》的问世，是杂剧悲剧日渐衰微，南戏悲剧走向复兴，明清传奇悲剧将要登上历史舞台的标志和重要分水岭。《琵琶记》的出现，宣布了中国南戏剧种草创时代的结束，也标志着中国古典戏曲发展到一个新阶段。由此而后，舞台上的杂剧悲剧，便逐渐让位给了传奇悲剧，从而揭开了中国古代悲剧史的新的一页。《琵琶记》不但为明代戏曲各种声腔所赖以依存的传奇体制奠定了基础，而且也为中国戏剧歌舞演故事独特的表现形态提供了标准的范式。《琵琶记》无论是它的关目、布局、文辞，还是双线平行发展的结构等，在古典剧作中都是最早的标杆。所以自明代以

真情持守

凄苦缠绵
《琵琶记》

WEN

HUA

ZHONG

GUO

来六百多年间，《琵琶记》一直被视为传奇典范、南曲之宗。它的主要刻本有四十多种。在目前全国的三百多个剧种中，绝大多数剧种都演过《琵琶记》。在中国历代的戏曲出版物中，《琵琶记》的版本也是最多的。

四、久唱不衰的名曲

中国古代戏曲的创作可以说汗牛充栋，但是有的作品的生命力却极其有限，很多作品随着时间的推移烟消云散，只有那些在思想和艺术各方面有独特成就的作品才流传下来了。不过这其中的情况也不一样，有的只是作为活化石一般留存着，有的却具有永久的活力，被一代代人所传唱。那么《琵琶记》自问世以后，几百年来一直传唱不衰，原因何在？

首先，在南戏《琵琶记》诞生之前的元代，统治者蒙古贵族来自茫茫草原，他们之中许多人认为读书无用，有很长一段时间，蒙古统治者践踏和蔑视华夏民族所尊崇的儒家文化。他们取消了科举，儒生社会地位一落千丈，当时流传有十等人的说法，"八娼九儒十丐"，儒生地位甚至不如娼妓。读书人被称为"臭老九"，据说就源于那时。所以那个时代很多儒生都混

朱元璋（1328～1398）

迹青楼与歌儿舞女为伍，并且甘愿为歌妓撰写歌词，有些人还成立了书会组织，他们为杂剧演员撰写剧本，这也就是元杂剧繁盛的一个原因。但是落后文化终究要被先进文化所同化，蒙古贵族当中的一些人逐渐认识到他们轻视读书人的错误，懂得了可以马上取天下，但是不

可以马上治天下，于是儒家学说逐渐复兴。《琵琶记》的作者高明就是元代后期一个著名儒学家的弟子，他崇信儒学，也崇敬传统道德礼教，所以他不满意之前南戏《赵贞女》、《蔡中郎》把书生蔡邕写成一个负心汉的形象，他要为蔡邕翻案，要写有益于社会教化的剧目。高明成功了，他的《琵琶记》符合了社会民众的心理需求，所以很快在社会上广为流传，到处传唱。在该剧诞生流传之初，明朝的开国君主朱元璋立即就敏感地觉察到该剧具有不同寻常的意义。他说："五经、四书，布帛菽粟也，家家皆有，高明《琵琶记》，如山珍海错，贵富家不可无。"《琵琶记》大力讴歌"忠孝节义"，倡导儒家教化，适合时代的需要，在一定程度上也符合民族的需要。"忠孝节义"有阶级性，同时它又具有民族性，超阶级性，所以这部戏在不同时代都能够得到人们的喜爱和传唱。

其次，《琵琶记》中所歌颂的一些人物的美德，比如贤、孝、节、义、良、善、忠、勇等，也是中华民族的传统美德，是被一代一代人热爱、维护和尊崇的美德，更是一代一代人永久地传承的美德。《琵琶记》正是植根于民族崇尚的传统美德结构故事塑造人物，将道德理念化为了生动的艺术形象，设计了曲折的故事去表演，取得了巨大成功。所以该戏实际已经达到了作者的创作目的——"正风化"。由此《琵琶记》符合了一个历史时代民众的审美需求，表达出了民众对维护家庭伦常的良好愿望，从而使广大民众由衷地对此剧津津乐道。戏曲，这种通俗艺术样式必须以"乐人娱人"为先，但是，如果戏曲仅仅以取悦观众为目的，就常常会流于庸俗，使作品格调低下。中国古代文人都深知"诗言志"和"文以载道"的创作宗旨。明代著名戏曲理论家王骥德在其所著《曲律·杂论》中道："古人往矣，吾取古事，丽今声，华衮其贤者，粉墨其憝者，奏之场上，令观者藉为劝惩兴起，甚或扼腕裂眦，涕泗交下而不能已，此方为有关世

真情持守

凄苦缠绵
《琵琶记》

WEN

HUA

ZHONG

GUO

教文字。"对于这种戏剧创作真谛，《琵琶记》作者高明更是早就清楚，他在《琵琶记》开场就明确宣布："秋灯明翠幕，夜案览芸编。今来古往，其间故事几多般。少甚佳人才子，也有神仙幽怪，琐碎不堪观。正是，不关风化体，纵好也徒然。"《琵琶记》切合了中华民族传统的文化心理，体现了民族文化传统精神。可以说它成功地描绘了它赖以产生的民族文化的某些神髓，所以也就具有了与民族文化共同不朽的基因，因此才能世世代代传唱不衰。

第三，《琵琶记》是爱情剧，写出了蔡伯喈和赵五娘一对年轻夫妻的真情相爱，写出了他们凄苦缠绵，多波折多磨难的爱情生活的历程，但是这部戏剧又不能单纯地看做是一出爱情剧。实际上，就其剧本所表现的内容更应该说它是一部社会剧，一部社会道德剧。剧本通过剧中每一个人物的表现，表达了当时社会不同阶层人的生活观、爱情观和价值观，以及他们的思想和作为。主人公蔡伯喈和赵五娘甚至蔡父蔡母、张太公、牛小姐和牛丞相以及那些龙套人物——院子、媒婆、丫鬟、偷儿、衙役等等，无不显示了他们的言行和作为都是听凭于当时社会道德的制约。而封建社会的道德，历史地评价，有优良的一面，应该被代代传承，也有扼杀人性的一面，应该被唾弃。作者特别强调他的剧作目的就是要"阐扬风化"，讴歌传统的社会道德和优良的社会风尚。《琵琶记》剧中人物则被塑造成为社会道德的楷模，观剧的人则不仅得到娱乐，更明显地得到感化。当人们从娱乐中清醒过来，无不为作者的良苦用心感动，无不为剧中人的"崇高"感动，因此对《琵琶记》的赞誉在民间不胫而走，口口相传，《琵琶记》也就自然而然获得了旺盛的生命力。

第四，《琵琶记》的故事是紧紧围绕蔡伯喈和赵五娘的家庭生活事件和情节展开的，是紧紧依据他们的道德观念行动和处事的，所以它又不啻是一部家庭伦理剧，是一部以反映当时社会伦理、道德问题为

其主要内容的大众化的家庭生活剧。《琵琶记》以广阔的社会为背景，以家庭为基本的表现对象，通过家庭中发生的各种事件，探讨爱情、婚姻、家庭、孝道等伦理道德问题，并由家而国。中华民族文化传统非常重视家庭伦理道德。中国传统文化，可以说是一种非常侧重传承的伦理型文化，它以儒家伦理为观念架构，以宗法血缘关系为社会依托，引导着人们的道德价值观，规范着人们的日常行为。作者高明正是要通过探讨家庭伦理道德的传统继承，宣扬儒家教化，以正社会风化，纠正当时社会的陋习恶俗。因为《琵琶记》以家庭伦理道德为核心内容，所以该剧自会有较强的世俗性和大众性，备受民众关注。几百年来，《琵琶记》不必经统治者提倡，不必有官方宣传，在民间一直受到喜爱，被各种戏曲剧种移植和改编，纷纷传唱至今。

第五，《琵琶记》作者高明在剧作开篇就说过："论传奇，乐人易，动人难。"这是高明对戏剧创作的深刻认识。正因为他了解戏曲创作的精髓不是落脚在"取笑"、"逗乐"，而是要"动人"、"感人"，所以他的剧作才不肤浅，不取巧，不献媚，而是扎扎实实挖掘生活的底蕴，刻画人物务必达到典型化，让人看过之后，对故事和人物一再品味，一再思索。所以，《琵琶记》较之其他戏剧有更加感人的艺术效果。《琵琶记》是在前人基础上的再创作。如果高明不能技高一筹，别开新路，仍然继续着蔡伯喈弃妇背亲的故事结构，即使他把剧中人写得再不堪，或者让五娘的遭遇再不幸，剧本也不过是在旧窠臼里打滚的苦情戏。《琵琶记》之所以"感人"、"动人"，恰恰在于他使用旧题材却能标新立异，通过对"子孝共妻贤"的正面形象的塑造来打动人心、匡扶世风。也正因为《琵琶记》能够动人感人，所以才会代代相传。

第六，讲求悲欢离合是中国古典戏剧的民族特色，《琵琶记》则为

019

真情持守
凄苦缠绵
《琵琶记》

WEN

HUA

ZHONG

GUO

焦循（1763～1820）

这一民族特色的创立开出了先路。《琵琶记》是一部著名的古典悲剧，但是它所开创的悲喜相映的写作手法，却使该剧情节跌宕起伏，引人入胜。不说《琵琶记》故事演进的全过程，只说其结尾"一门旌奖"，那旌奖的地点却在墓地，气氛本身就让人感到怪异。显然被旌奖的人物，他们心情都是悲凉、惆怅的，接受旌奖不过是忍悲为喜罢了。尽管宣诏使者和邻里为旌表又是贺喜又是颂扬，但是也改变不了当事人的感伤心情。蔡伯喈跟赵五娘、牛小姐一家三口团圆在父母墓前，各人心中有各人的苦衷。蔡伯喈的自愧内疚之情难以消除，赵五娘抚今追昔心绪难平，牛小姐心中的委屈只有她自己忍受。所以这个大团圆的结尾，表面喜洋洋的结尾，实际则是一场大悲剧。当演员谢幕之后，观众内心受到震撼冲击，久久都不能平静，回味思索，继而议论、评说。有些争论甚至会无休无止，永无定论。于是这部戏一次再一次，一代又一代，被人们传唱议论。高明的《琵琶记》也就成为一部几百年不朽的扛鼎巨作。清人焦循《剧说》卷一引《庄岳委谈》曰："浸淫胜国，崔、蔡二传奇（按：指《西厢记》和《琵琶记》）迭出，才情既富，节奏弥工，演习梨园几半天下。虽有众乐，无暇杂陈矣。"

《琵琶记》的生命力不仅在戏曲舞台上延续了数百年，而且还被改编成不同的曲艺品种广泛传播。清人方鼎如《温州竹枝词》云："乡评难免口雌黄，演出《荆钗》话短长，今日豆棚人共坐，盲词听唱蔡中郎。"可见在清代还有改编的鼓词作品在流传。鼓词虽然是继承了宋代传统，但是在内容上已经不是早年说唱的《赵五娘》、《蔡中郎》，而是对《琵琶记》的改编了。直到当代，《琵琶记》改编的鼓词、道情等曲种仍然在农村受到广大听众的欢迎。

五、名扬海外，享誉世界

《琵琶记》问世后，迅即成为中国戏曲领域中流传最广、影响最大的作品之一，几百年来不仅在中国各地传唱，而且还流传到国外。在清代中晚期经东南亚流传到欧洲。最早，在法国有安托尼·巴赞致力于中国戏剧介绍，1838 年他出版了一部名为《中国戏剧选》的译著，1841 年又发表了《琵琶记》的法文译作。他在该译作前言里说，他之所以要把《琵琶记》介绍给法国，是因为该剧"能使人正确了解中国人的风俗习惯、宗教和哲学思想随着时间的推移而发生的种种变化"，从中"察觉到中国文明的前进步伐"。6 年后，即 1847 年，彼得堡出版了《琵琶记》的俄文译本，那是由法文本转译的。19 世纪，欧美一些国家几乎都出版了《琵琶记》的译本，除了法文本、俄文本，还有英文、德文、拉丁文译本，以后又有日文、波兰文、韩文等各种文字的译本。还有一些演出剧团排演该剧。因此《琵琶记》也是具有世界影响的中国古典戏曲剧目之一，在国外也享有盛誉。20 世纪 30 年代著名的"百老汇"演出了音乐剧《琵琶记》，曾经轰动一时。

值得一说的还有华侨和留学生在国外演出《琵琶记》的改编本。例如，1924 年在美国留学的闻一多、梁实秋、谢冰心、顾一樵等人改编并演出了英文版的话剧《琵琶记》。剧本是顾一樵改编、梁实秋翻译的。当时的主要演员有：谢文秋饰赵五娘，梁实秋饰蔡伯喈，谢冰心饰牛小姐。闻一多对《琵琶记》的演出，特别是在服装、布景上出了不少力。《琵琶记》在 1925 年 3 月 28 日晚正式演出，那天晚上波士顿大剧院一千多座席爆满。演出时，一阵阵掌声如雷。演出结

真情持守
凄苦缠绵
《琵琶记》

WEN

HUA

ZHONG

GUO

束爆发出长久的掌声。一些美国教授和华侨还跑到台后跟演员祝贺演出成功，直夸演得好。转天，当地不仅华文报纸，就连美国的《基督教箴言报》、《波士顿新闻报》等都以醒目位置配上大幅照片报道《琵琶记》的成功演出。一周之后著名诗人闻一多给梁实秋写信，信中所附一首七绝《实秋饰蔡中郎演〈琵琶记〉戏作柬之》说："一代风流薄幸哉！钟情何处不优俳？琵琶要作诛心论，骂死他年蔡伯喈！"

闻一多　　　　谢冰心　　　　梁实秋　　　　顾一樵

关于《琵琶记》名扬海外享誉世界的情况，研究南戏的专家孙崇涛先生于2007年在浙江瑞安举办的"南戏鼻祖"高则诚诞辰700周年纪念大会上的讲话，曾总结说：《琵琶记》作品诞生以来，一直是国内、国外、历史、现实人们关注的对象。相关事实不必多叙，只看以下几个数字：初步统计，《琵琶记》国外的译本有：英文11种，法文8种，德文3种，日文4种，拉丁文1种，此外还有俄文、波兰文、韩文等转译本多种，合计数十种。《琵琶记》国内古代版本，存者42种，佚失4种，近现代校注本不计其数。《琵琶记》古代选本29种，最早选本《风月锦囊》刊于明嘉靖三十二年（1553），《琵琶记》被列为首卷，所选篇幅最大。此书于明隆庆六年（1572）由葡萄牙传教士带往西班牙，入藏皇家图书馆，时间比1735年法国人据中国元杂剧《赵氏孤儿》改译的《中国孤儿》在巴黎出版还早160

多年。

古往今来，《琵琶记》不但是舞榭歌台盛演不衰的戏曲剧本，而且也是人们不断研究和探索的热门课题。明代中叶，曾掀起一场有关《琵琶记》与《拜月亭》孰是中国最优秀南戏剧作的大讨论，当时所有戏剧理论家均卷入其中，时间延续五十多年。20世纪50年代对《琵琶记》的讨论，是中华人民共和国建国后至今围绕着一部戏剧作品所进行的规模最大的一次讨论。1956年中国戏剧家协会邀集全国一百六十多位戏剧专家、文艺工作者、历史学家和新闻媒体等对《琵琶记》开展了历时近一个月的连续性讨论。会后编印了专门的讨论集。当时由于受到极左思潮的影响，对《琵琶记》的批评并不公允。80年代后，《琵琶记》再次成为文学和戏剧领域讨论的热点，学术报刊时有评论文字，一些研究《琵琶记》的专著也先后出版。2007年时值高明诞辰700周年，国内几十名戏曲研究学者齐聚温州，参加高明诞辰700周年学术研究活动。2009年大型新编历史剧《高则诚》在瑞安市首演。2010年，瑞安市越剧团所编越剧《高则诚》作为"首届全国戏剧文化奖优秀剧目调演"剧目，受邀在北京长安大戏院上演，一举获得首届全国戏剧文化奖9个奖项。2011年5月，为了庆祝昆曲入选联合国教科文组织"人类口头和非物质遗产代表作"10周年，浙江永嘉昆剧团排练的《琵琶记》在北京长安大戏院再次公演。

永嘉昆剧团在北京公演《琵琶记》

瑞安越剧团在北京公演《高则诚》

023

真情持守

凄苦缠绵
《琵琶记》

WEN

HUA

ZHONG

GUO

　　《琵琶记》不仅引起从古到今中国人的热爱和讨论，在韩国、新加坡、日本、菲律宾等地的学者，以及很多西方汉学家，不管是英语系、俄语系、拉丁语系、西班牙语系，也都纷纷将《琵琶记》作为自己的研究课题，不断有著作问世。可以说，《琵琶记》不仅属于中华民族，而且属于全世界，是世界各民族共同拥有的精神财富。

第二章

《琵琶记》作者是何许人

025

真情持守

凄苦缠绵
《琵琶记》

WEN

HUA

ZHONG

GUO

一、有志有才，刚正不阿

《琵琶记》的作者高明，字则诚，一字晦叔，号菜根道人，瑞安（今属浙江）崇儒里（今阁巷柏树村）人。瑞安原属温州府，温州一名永嘉，地处浙东，因此后人又称高明为东嘉先生。高明生卒年不详，众说纷纭。生年之说大体有元大德五年（1301）、大德七年（1303）、大德九年（1305）、大德十年（1306）、大德十一年（1307）、至大三年（1310）、延祐元年（1314）、至治元年（1321）八说。卒年也是歧说不一：计有

高明画像

高明出生地——瑞安阁巷

高明小时候读书的"集善院"

元至正十九年（1359）、至正二十一年（1361）、明洪武元年（1368）、洪武四年（1371）等说。总之，关于高明的生卒年学术界尚无定论。上述说法皆出于不同学者根据高明亲友的生卒年和现存相关文献记载的推断之词。但是可以肯定的是高明出身于书香门第，其父高功甫，早亡，他的祖父高天锡、伯父高彦和弟弟高旸都是诗人。

在崇儒里，高家与陈家世代有姻缘之约。陈家也是读书人家，儿孙都能吟诗作赋。高明少年博学，多才多艺，自幼得到其未来岳丈的赏识，长大自然就成了陈家的乘龙快婿。传说陈家曾专门为高明造了一座"高郎桥"，以便于他去"集善院"读书深造。高明就是在高、陈两家浓郁诗书传统的熏陶下成长起来的。后来他又去婺州乌伤（今浙江义乌）拜大儒黄溍为师，深受儒家思想的影响。他与同门宋濂、王袆、戴良、刘基等结为好友，相互切磋学问，后来这些人都成为一代名士。

民间传说高明自幼有才，志向高远，聪明过人，能诗善对。有一个故事说：一天傍晚，高明放学回家，路过一个池塘，一只捕食的青蛙吸引了他的注意力。这时一位告老还乡的尚书也从那里路过，他看高明穿一件绿色夹袄，盯着池边的青蛙出神，不由得吟出一句："出水

蛙儿穿绿袄，美目盼兮。"高明闻声一愣，回头一看是一个穿着大红袍的老者，背还有些驼，他莞尔一笑，就冲那老者说道："落汤虾子着红袍，鞠躬如也。"老尚书大吃一惊，想不到眼前的小学生应对如此敏捷，连声赞叹。

高明好学多读，长大满腹才华。他善书法，工诗文，所写诗文大多有感而发，与无病呻吟空洞无物之作有天壤之别。例如《题画虎》斥责人间苛政，《乌宝传》抨击元朝的时风世俗，《次韵酬高应文》、《送朱子昭赴都》等多篇诗文中都流露出他不满政治黑暗，同情人民疾苦的思想情感。还有一些文字如《孝义井记》、《华孝子故址记》、《王节妇诗》等，则歌咏传统美德，颂扬孝义，表彰贞节贤良。

但是高明多半生却沉沦市井，才华不得施展。因为元朝建立后重武轻文，把唐宋以来的科举制度全部废除，书生读书出仕的门路完全被堵死，所以高明很早就有了隐居之想。其《赋幽慵斋》一诗说："闭门春草长，荒庭积雨余。青苔无人扫，永日谢轩车。清风忽南来，吹堕几上书。梦觉闻啼鸟，云山满吾庐。安得嵇中散，尊酒相与娱。"就是他这种思想的写照。

直到元顺帝至元六年（1340）朝廷下诏恢复科举考试。高明的家人和亲友都一起劝勉他说："我们都盼望你有一天出人头地，用你的才干出仕朝廷，为国为民建功立业，这不也是你往日的宿愿吗？如今朝廷开科取士，你应该去参加科考，不能迟疑了。"更主要的是高明他自己那一颗不甘沉沦的雄心，也使他感到机遇来临，报国为民的壮志让他热血沸腾起来，所以他立即调整心态，决意步入仕途，一展抱负。于是高明回答亲友说："人不专一经取第，虽博奚为？"于是"自奋读《春秋》，识圣人大义，属文操笔立就"。他参加至正四年（1344）乡试一举考中，转年即登进士第，那时他已经大约40岁了。高明进入仕途后，历任处州录事、江浙行省丞相掾、庆元路推官、江南行台掾等职。他任处州录事时，一个蒙古官员贪暴任性，高明则从中委曲调护，使当地民众赖以为安。所以当他任满去职，民众为其树立"去思碑"，刘基为文记之。江浙行中书省官闻其名，辟为丞相掾吏。在官场高明为人刚毅耿直，清正廉明，办事干练认真，得到众人赞赏。时人称他"雅以名节自励，公卿大夫咸器其行能"。他从参政樊执敬核实平江圩田，得蠲租米无征者40万石，又与葛元哲同为参政苏天爵编定《滋溪文稿》30卷。每当别掾有故，他即权代其事，"君稽典册，定是非，酬应如流"，故而，"儒生称其才华，法吏推其练达"，"声闻益隆矣！"但是高明绝不贪图功名利禄违心从事。他曾作《和赵承旨题岳王墓韵》诗，表现出他卓越的识见：

> 莫向中原叹黍离，英雄生死系安危。内廷不下班师诏，朔漠全归大将旗。

> 父子一门甘仗节，山河万里竟分支。孤臣犹有埋身地，二帝游魂更可悲。

高明此诗不仅借咏史抒发黍离之叹，悲痛宋朝亡国，还对宋王朝的昏暗、岳飞父子的愚忠给予批判，揭示南宋最高统治者将承担国亡罪责，指出了岳氏父子"愚忠"的可悲。

时人赵汸《送高则诚归永嘉序》称高明：平生为人耿直，"意所不可，辄上政事堂慷慨求去"。"论事不合，避不治文书"，乃至"数忤权贵"。高明怀着"几回欲挽银河水，好与苍生洗汗颜"的理想，身体力行，一心想做一名清官廉吏。他为官刚正不阿，遇到元人虐待汉人时，曾多次出面调解，伸张正义。他任庆元路（今浙江宁波）推官时，亲自勘问刑狱，洗冤辨屈，开脱狱犯，遣放归家，使得"囹圄一空，郡称为神"。高明所任职处，官声皆颇佳。然而高明秉性刚直，不愿折节献媚邀宠，故而屡屡开罪权贵，为上司所不容。高明在亲眼目睹了元末政治的黑暗和官场的腐败后，感到自己早年欲为苍生效力的理想

破灭，就对仕途逐渐心灰意冷，萌生了辞官退隐之念。

二、怀才不遇，退出仕途

高明在仕途奔波，虽然满怀壮志，但是却志不获展。他内心矛盾纠结，常处于苦闷境地，久之则对仕宦生活感到厌倦。他在其《碧梧翠竹堂记》中曾言："余又观史传中所载古今人物，类皆功名世位之人。而以洁身遁世称者，仅一二见。岂非山林泉石之乐，固少有得之者耶？乃知谢幼舆自以一丘一壑过人，彼盖深有所见也。"他寄语朋友顾仲瑛："碧梧翠竹之乐，不易得也，第安之。他日毋或汩于禄仕，而若予之不能久留也。"表示了他对朋友隐居山林的羡慕和他想离开官场的念头。

至正八年（1348），台州方国珍起兵反元，不久受招抚；十年十二月复叛。高明参加平叛，但与主帅"论事不合"，受到冷遇，让高明深切感到宦海风波险恶。赵汸曾记他在一次酒宴上很有感触地说："前辈谓士子抱腹笥、起乡里、达朝廷、取爵位，如拾地芥，真荣至矣，孰知为忧患之始乎！余昔卑其言，于今乃信！"（《送高则诚归永嘉序》）然而，人在官场，身不由己，一时他还不能辞官归乡。所以他感叹："飘零王粲辞家久，牢落潘郎感发稀"（《积雨书怀》）、"昨夜天寒霜露零，山人不归猿鹤惊。孤松三迳依旧在，童仆正迟陶渊明。"（《题画》）在《夏夜独坐简胡无逸二首》之一他更道："安得舍所趋，白日澹无营。仰看斗柄移，耿耿低玉绳。天运亦有常，吾生何时宁。"

至正十二年（1352）秋，高明转任绍兴路判官，不久，又转庆元路（今宁波市）推官。他的《题画龙》诗云："乾坤万里苏旱暍，草木无言生意悦。归来高卧碧潭云，独抱神珠弄明月。"《题画虎》诗云："山空月冷不可留，人间苛政皆尔俦。踯躅亦欲渡河去，刘昆宋均今有

029

真情持守

凄苦缠绵
《琵琶记》

WEN

HUA

ZHONG

GUO

否?"都表示他仍然想着为百姓办事,想着他的报国为民的理想和抱负。实际他也是这样做的。推官为司刑狱之职,高明在职时对囚犯一一复审,察觉"四明狱囚多冤",他一一予以平反,处理允当,被时人称为"神明"。当地名士袁彦章曾作诗称赞他说"州县按临分枉直","笔端一点春无限","圜扉罗雀文书静"(《鲁林外集·赠高推官》)。但是高明终因秉性刚直,"数忤权贵",不得不"谢病去职"。"岁晚仲宣犹在旅,年来伯玉自知非。""桓荣学业仍稽古,李广才名未得侯。何似云林倪处士,焚香清坐澹忘忧。"(《寄屠彦德并简倪元镇》)他借诗作感叹自己似王粲身处乱世而怀才不遇,应该像蘧伯玉那样悔省而遁世;同时感叹桓荣勤学,李广不封,不如好友倪云林淡泊处世,远离名利仕途。

他在《次韵酬高应文》一诗中反思自己十余年仕宦生活:"曾向天涯钓六鳌,引帆风紧隔银涛。江山有恨英雄老,天地无情雨露高。七国游谈厌犀首,十年奔走叹狐毛。争如蓑笠秋江上,自鲙鲈鱼买浊醪。"十年宦海浮沉,他看到的是苛政猛于虎,"人生温饱不足多"(《白纻篇送顾仲明》)。他说:"人生万事空浮沤,走舸复壁皆堪羞。不如煮茗卧禅榻,笑看门外长江流。"(《题萧翼赚兰亭图》)至正十六年(1356)后,朝廷命他为福建行省都事,他无意恋栈。方国珍看重高明的才干,欲留其在幕下,高明亦力辞不从。高明《丁酉(1357)二月二日访仲仁仲远仲刚贤昆季别后赋诗以谢》诗曰:"隐君家在越江边,烟雨江村绕舜田。玉树郎君宜采服,紫荆兄弟正青年。山云晓暗读书屋,湖水春明载酒船。何日重来伏龙下,参同契里问神仙。"他的另一首诗《子素先生客夏盖湖上欲往见而未能因赋诗用简仲远征君同发一笑》曰:"夏盖山前湖水平,杨梅欲熟雨冥冥。吴门乱后逢梅福,辽海来时识管宁。野雾连村迷豹隐,江风吹浪送鱼腥。伯阳旧有参同契,好共云孙讲《易经》。"高明在两首诗中,已充分表达了对退隐生

活的肯定和向往。如前一诗有云："何日重来伏龙下，参同契里问神仙。"后一诗有云："伯阳旧有参同契，好共云孙讲《易经》。"《参同契》《易经》为道家书籍，而诗中所言梅福、管宁皆为古代的隐士，高明诗中言此，表明他对道家和隐士生活十分看重。他在《夏夜独坐简胡无逸二首》诗中更道："安得跻空同，一问广成道。"

高明晚年不仅向往道家神仙隐逸生活，对佛家生活也很有兴致，并与和尚相交往。他的《暇日访见心禅师于四明诗二首》之一写道："久知尘业幻，早与世缘疏。愿礼清凉月，禅栖长晏如。"表明高明厌弃功名，遂有欲归佛门的念头。第二首中的"未究无生学，寻师得屡过。安心知有法，入道愧多魔。柏树谈禅旨，莲花礼忏摩"，表明高明虔诚地希望得到佛的点拨和净化。"三车如可驭，投老碧山阿"，则清楚地表明了他欲隐逸山林的心迹。

元朝当政获知高明文才，曾想任命他为国史院典籍官，高明也未就任。至正十六年（1356）后，高明遂决意隐居。他到了鄞县（浙江宁波）城东的栎社，在友人家居住，闭门谢客，终日与山林为伴，以词曲自娱。

正因为高明是一个才子，所以他在脱离官场，远离名利的羁绊后，就能用心于文艺戏曲的创作，写出一些戏文，其中最脍炙人口的名作就是《琵琶记》。明人何良俊在他的《曲论》中首肯"高则诚才藻富

今天的鄞县栎社村

真情持守

凄苦缠绵
《琵琶记》

WEN

HUA

ZHONG

GUO

丽"，称《琵琶记》为戏文中的"绝唱"。但是高明创作《琵琶记》不是无病呻吟，纯粹消遣，而是深有寄托欲有所为，当官场不能实现他的人生抱负时，他把自己"挽银河水，为苍生洗汗颜"的愿望完全倾注到他的作品中了。

当朱元璋推翻元朝统治，建立了新王朝——明朝时，因为高明跟朱元璋的辅佐大臣宋濂、刘基都是同门同乡学友，宋濂和刘基将才华出众的高明向朱元璋力荐。朱元璋也知道高明的《琵琶记》并曾极为赞扬，所以就有意让高明到自己身边为官参加撰修《元史》，但高明因为老病，更因为已经无心仕途，遂极力推辞，不久就在宁波去世。高明去世后不久，其好友陆德旸写了一首悼诗，曰："乱离遭世变，出处叹才难。堕地文将丧，忧天寝不安。名题前进士，爵署旧郎官。一代儒林传，真堪入史刊。"（见田艺蘅《留青日札》卷十九），对高明的杰出文才高度赞誉，对好友的去世深表痛惜。

三、创作戏剧，欲有所为

高明为什么要创作《琵琶记》？是完全以词曲自娱还是欲有所为？明清以来对此问题可谓众说纷纭。

一种说法是高明写《琵琶记》是要为蔡邕在民间文学中的不良形象辩白申冤。徐渭《南词叙录》曰："永嘉高经历明，避乱四明之栎社，惜伯喈之被谤，乃作《琵琶记》雪之，用清丽之词，一洗作者之陋。"

一种说法是高明写《琵琶记》为了讽劝其友王四，责备王四不该有负心行为。田艺蘅《留青日札》曰："时有王四者，能词曲，则诚与之友善，劝之仕，登第后，即弃其妻而赘于太师不花家，则诚悔之，因借此记以讽。名'琵琶'者，取其四字为王四云耳；元人呼牛为

'不花'，故谓之牛太师。高皇微时尝赏此戏，登基，捕王四置之极刑。"

一种说法是，高明写《琵琶记》为讥刺当时一个士夫，托名蔡邕。王世贞《艺苑卮言》曰：高则诚欲讥当时一士夫，而托名蔡邕。据《说郛》载唐人小说，云牛相国僧孺之子繁，与蔡生文字交，寻同举进士，才蔡生，欲以女弟适之。蔡已有妻赵矣，力辞不得。后牛氏与赵处，能卑顺自将。蔡官至节度副使。

一种说法是，高明写《琵琶记》是记宋人蔡卞和王安石事。姚燮《今乐考证》引梁兆壬言曰："《琵琶》相传为刺王四作。驾部许周生先生宗彦尝谓余云：'此指蔡卞事也。蔡弃妻而娶荆公之女，故人作此讥之。其曰牛相者，谓介甫之性如牛也。'"

其实这些说法不过是后人猜测之词，多为捕风捉影之谈。姚燮《今乐考证》早就指出："传奇家托名寄志，其为子虚乌有者，十之七八。"姚华《录漪室曲话》说："柔克所讥，盖属世情之常，不必意中实有其人，即以为讽世之作可也。"这才是有所识见。

一个作者的作品本身所传达出来的信息，就是理解作者创作意图的最好解答。徐渭《南词叙录》记载高明创作《琵琶记》的情况说："相传：则诚坐卧一小楼，（写作《琵琶记》）三年而后成。其足按拍处，板皆为穿。尝夜坐自歌，二烛忽合而为一，交辉久之乃解。好事者以其妙感鬼神，为创瑞光楼旌之。"我们说，高明之所以呕心沥血撰写《琵琶记》，并不纯

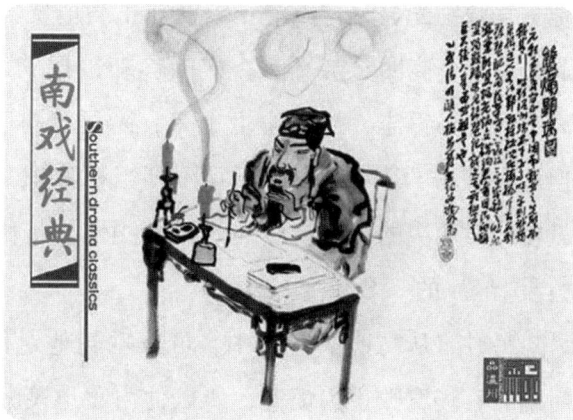

033

真情持守
凄苦缠绵
《琵琶记》

WEN

HUA

ZHONG

GUO

粹是自娱，也不是单纯要为蔡邕在民间文学中的不良形象辩白申冤，更不是奉劝莫须有的王四或某个士夫，也不是记录什么蔡卜王安石的轶事。而是他要用自己的如椽之笔来揭露社会的黑暗，述说人间的沧桑；抒发自己对善良人性的呼唤，对传统美德的歌咏，对美好纯真爱情的赞叹，表达他对封建吏治、科举制度的痛恨和对广大劳动人民的同情。

我们这个结论完全可以从作品本身得到印证。但是我们也不否认徐渭所言之道理。蔡邕多才多艺，通经史，懂音律，宋金以来的鼓词和院本把这样一个才华横溢而又道德高尚的历史人物塑造成一个遭人唾弃的负心汉形象，最后受天谴遭雷击，高明为此愤愤不平，亦在情理之中。不止高明，其实陆游也在诗中对蔡邕平白无故被冤，表示不平了，不过仅仅是感到无奈罢了，而高明则进一步要做翻案文字。高明之所以要做翻案文字，是因为高明在仕途上有几乎与蔡邕一样的遭遇。高明年轻时积极仕进，欲有所作为，然而生不逢时，怀才不遇，半生蹉跎。好不容易赶上元朝开科取士，高明得中进士，步入官场。他为官政绩光显，官声清正，谁知正当他要大展宏图时，又逢方国珍起义反元，高明参与平叛，方国珍却被招安，任命为左丞相衢国公。高明抑郁不得志，从仕途上下来，隐居于栎社镇上。尽管高明豁达，但他在官场不被重用，才干得不到当权赏识，甚至还有某些冤屈，这就使他对蔡邕的被冤自然而然极为同情。这种同情可以说是高明写作《琵琶记》的一个契机。

另外，从高明的诗文中，可以看到他对仕途险恶有清醒的认识，对当时官场腐败甚为愤懑，所以他由衷地羡慕和向往田园生活。高明心怀报国之志，对民生疾苦有一定的了解并甚为同情。他秉持儒家传统道德，对现实陋俗恶习极为不满。他本想在仕途一逞才学，做出一番事业，可是却壮志难酬。正是这样的品格和认识奠定了高明创作

《琵琶记》的思想基础。

在《琵琶记》的开场词中，高明就旗帜鲜明地指出戏剧创作"不关风化体，纵好也枉然"。这表明高明有意识地要把他的《琵琶记》写成一部针砭时弊净化社会风习的剧作。高明在《琵琶记》第一出起首云："论传奇，乐人易，动人难。"为使戏文达到动人境地，他总是捧着写就的草本反复吟唱，一再修改，决不苟且。"阖关谢客，极力苦心，歌咏则口吐涎沫，按节拍则脚点楼板皆穿，积之岁月，然后出以示人。"明人张凤翼曾看过《琵琶记》的草本，据说草本字句旁边密密麻麻，注满高明当初修改的痕迹。由此可知，高明创作态度是极其严肃认真的。年届花甲的高明，历尽风雨沧桑，他将万般感慨，一腔郁愤都倾洒在他的剧作中。为追求艺术上的完美，也就是要更加深入人心表达他的思想意图，高明可谓耗尽心血，尤其是他写赵五娘和蔡伯喈这两个人物。赵五娘勤劳贤惠善良，勇于承担苦难，在灾荒年，孤身一人，竭尽全力侍奉双亲，虽受委屈，始终不渝，这些品质终使赵五娘成为了中国古代善良贤惠妇女的典型。蔡伯喈性格就更加复杂，经历充满矛盾，性格充满矛盾，思想充满矛盾，简直是一个矛盾人物。这就使他成为最真实的封建社会读书人的典型。而历来被人忽视的牛小姐则从另一层面反映了中国妇女对爱情的期盼、痛苦和无奈。《琵琶记》使高明完全有资格被称为伟大的戏剧家，使他的文名永载史册。明人吕天成《曲品》将《琵琶记》列为第一神品，赞扬说："东嘉高则诚，能作为圣，莫知乃神。特创调名，功同仓颉之造字；细编曲拍，技如后夔之典音。意在笔先，片语宛然代舌；情从境转，一段真堪断肠。化工之肖物无心，大冶之铸金有式。关风教特其粗耳，讽友人夫岂信然？勿伦于北剧之《西厢》，且压乎南声之《拜月》。"这段评语对高明创作《琵琶记》给予了高度首肯，高明也当之无愧，天成可谓高明知音。

035

真情持守
凄苦缠绵
《琵琶记》

WEN

HUA

ZHONG

GUO

高明的戏曲作品，除了《琵琶记》，还有《闵子骞单衣记》，可惜失传。另著有《柔克斋集》20 卷，也不存。今仅存诗、文、词、散曲五十余篇。

四、有趣的传说

高明因为撰写了《琵琶记》而成为中国文化史上的名人，在高明的故乡和他生平经历的地方民间至今还流传着一些关于他和他写作《琵琶记》的有趣的传说。这些传说有的见诸文人笔记，有的就是民间代代相传的"口头文学"。

相传在一个雷雨交加的日子，一个男孩儿在柏树村高家出生了。孩子出生后啼哭不停，他的父母和亲友深感不安，担心孩子生来就有疾病。这时，不知谁在房间里点起一支蜡烛，孩子就立刻停止哭泣。全家人都很高兴，男孩的父亲高功甫立即为儿子起了个好名字："吾儿喜明，就叫高明。"这就是高明名字的由来。

高明晚年为什么要到栎社隐居写作？传说高明和萧山戴宗鲁为莫逆之交，当他无心为官，想归隐山林之时，他想到的就是去找戴宗鲁。他以为能够和知心好友日夜团聚，说说知心话，这也是人生一大快事。可是在好友那里住了几天，高明就觉得没有滋味，因为戴宗鲁那时一心向往仕途。俩人话不投机怎能长久相处？戴宗鲁也看出他和高明已经是两股道上跑的车，但是他也不愿往日的朋友失望，就给高明介绍了宁波栎社镇上一个名叫沈颐的人。沈家祖上是在宋元更迭之际从北方迁徙宁波的，已在宁波隐居好几代了。沈颐很热情地接待了高明。沈家有一幢木结构楼房，后院还有一个花圃，沈颐让高明住在了楼上。除了叫仆人一日三餐按时送去饭菜外，他从不去打扰高明。一天，沈颐忽然听到从楼上传来一句吟唱，那词句是："万两黄金未为贵，一家

安乐值钱多。"沈颐本来对戏曲十分爱好,对一些戏曲的曲词很熟悉,当时他一听就知道高明吟唱的是古本戏文《赵贞女》中的曲词,于是高兴地上楼去见高明攀谈。谈话中高明告诉沈颐说他想把古本《赵贞女》进行改写,沈颐非常支持。为了让高明安心地在楼上改写剧本,沈颐就特意叫两条猛犬守卫大门,还把楼板撤掉了,叫仆人送饭菜时直接用竹篮吊到楼上窗台。传说高明就是这样写出了南戏名作《琵琶记》。

其实高明的一生行踪不定,他究竟在哪里写作的《琵琶记》,历来人们也是众说纷纭。永乐《瑞安县志》、嘉靖《宁波府志》都说是在鄞县栎社沈氏楼写就的,还说高明常在夜间燃双烛写作。明代谈迁《枣林杂俎》记载:"鄞县南二十里栎社,元末高则诚明避乱寓于沈氏楼,作《琵琶记》。夜按拍而歌,蜡烛二支相隔,光忽交合,名瑞光楼。"明朝人王世贞也记载高明撰写《琵琶记》写到"吃糠"一出,"糠与米两处飞"之句,几案上的两根蜡烛的烛光忽然合而为一,相互交辉,久久乃解,好事者以为是祥光祝庆高明写作。于是沈氏楼自那以后改名为"瑞光楼"。嘉靖《宁波府志》亦载其事,历史上以此事进行题咏者颇不乏人。当今学者大多支持此说。鄞县的栎社是高则诚最后的归宿地,双烛交花的传说就从这里流传开去,为民众津津乐道。

但是明成化《新昌县志》中又记:"丁若水字咏道,元授郯山书院山长,长于乐府音律,与高则诚共编《蔡邕琵琶记》行于世。又有《栎园文集》、《鸡肋集》。"《鄞县志》卷十九"职官表"也著录了丁若水,注明是新昌县人,职位是"郯山书院山长",说明高明创作《琵琶记》或真的是曾有丁若水助编。

再者,高明的《琵琶记》是否写成于栎社的瑞光楼,民间还有一些不同的记载和说法。最有争议的说法是《琵琶记》初创于东阳,在《东阳县志》、《金华府志》、《浙江通志》、《横城蒋氏义塾志》等史料

黄溍（1277～1357）

义乌黄溍纪念馆前三杯亭

中，都可发现有初创于东阳的踪迹。自古至今在东阳乃至浙江有"三杯亭"、"三杯岭"等故事在民间广为流传。对"三杯亭"、"三杯岭"的传说，《东阳县志》、《金华府志》、《浙江通志》都有记载。雍正《浙江通志》引《东阳县志》说："元时，永嘉高则诚从乌伤（浙江义乌）黄文献（即黄溍）游，不闻其读书。既辞归，黄偶登其所居楼，见壁间书，乃《琵琶记》草，文辞淹博，意义精工，读而奇之，追饯此亭，三杯而别，因传为'三杯亭'"。"三杯亭"在现在的丽水和东阳县交界处，是当地一处名胜。"三杯亭"又名"峰回亭"，不过此古迹如今已荡然无存。有人指出这些传说在民间还留下了种种物证，例如在安儒村（横城义塾讲学处）北面的两座小山，如今人们尚叫"前赶山"、"后赶山"，据说是黄溍追赶高则诚时所经过的山。在横城蒋氏家谱目录拾遗上，列有永嘉高明作《嘉瓜诗》。历来，东阳民间流传"戏班到南溪，首点《琵琶记》，如若做勿来，勿用去写戏"的口头禅；《东阳道光志》上还有明洪武八年（1375），南溪洗马塘（横城义塾所在地）蒋伯康创艺苑，排演高则诚《琵琶记》的记载。

此外《处州（丽水）府志》则记载："郡城姜山黎阁为高东嘉撰《琵琶记》院本处"。清代刘廷玑《在园杂志》道："若前《琵琶》，则高东嘉撰于郡城姜山悬黎阁中，予守括苍，曾经其地。"

还有一说高明在杭州写作了《琵琶记》。清代周亮工《书影》有记载说："虎林昭庆寺僧舍中有高则诚为中郎传奇时几案，当按拍处，痕深寸许。"

还有一说在萧山创作。康熙《萧山县志》："高则诚……元季寓居萧山，与邑人戴宗鲁为莫逆交，任原礼延馆于家，词翰犹存。世传乐府《琵琶记》，时在原礼家所编。"

不管高明都在哪里写作过《琵琶记》，有一点可以确定，那就是他最后完稿的地点应该就是宁波栎社镇上的瑞光楼。清代学者万斯同曾写过一首竹枝词："终宵曲就聚灯花，异事人传高永（东）嘉，还有布衣栎社长，直教老手夺琵琶。"就高度概括地叙述了瑞光楼的来龙去脉以及高则诚隐居栎社镇撰写《琵琶记》的故事。

039

真情持守
凄苦缠绵
《琵琶记》

WEN

HUA

ZHONG

GUO

20世纪末有人专门去栎社探察瑞光楼遗址，有一位白发的老人告诉那人某块菜地原是瑞光楼的遗址。那楼几百年间历经沧桑，数度毁建，晚清尚在的建筑楼房，也已经荡然无存。但是那老人说，在当地文化站仓库里还留存有一块匾，匾上刻着"瑞光堂"三字。老人领着那人到了栎社镇文化站，找到那块匾，匾额长约五尺有余，宽不足三尺，木质黑漆。"瑞光堂"是三个金字，匾头有一行楷书："光绪十二年九月吉旦瑞光堂嗣孙乐美敬立"。这应当是沈颐的后裔子孙，为纪念高明在那里撰写《琵琶记》所立。匾

原悬挂在栎社瑞光楼的"瑞光堂"匾

名唤做"瑞光堂",因为它是悬挂在瑞光楼里厅堂上的匾。那人拍了照片,以"清代宁波栎社瑞光堂匾"为名目,连同他拍摄的照片,一起被编入了《中国戏曲志·浙江卷》的志书里。

蔡邕读碑图

曹娥碑

还有传说,为什么高明偏偏写蔡邕的故事,那是因为在栎社也有关于蔡邕的传说故事。这个传说曾长期流行在浙东乡村的民间:当年蔡邕携带家眷来过栎社这块地方,他们从绍兴过来,路过曹娥江。江边有一座著名的曹娥碑。那是东汉时,浙江上虞地区有一个14岁的少女曹娥,她的父亲在江里淹死,曹娥便投江寻觅父亲的尸体,也被淹死。于是曹娥成为封建社会"孝女"的典型。人们为曹娥立碑纪念。蔡邕慕名特地去看这个碑,可是当时已是傍晚时分,因天色昏暗,看不清碑文,他就用手摸着读,读完后连连点头称赞。转天,蔡邕又到《曹娥碑》观看,然后在碑的背面题了八个大字:"黄绢幼妇外孙齑臼"。当时谁也不明白这八个字是什么意思。据《世说新语》记载,后来,曹操和他的主簿杨修也一同来看《曹娥碑》。曹操问杨修:"蔡邕所题八个字是什么意思?"杨修想了想于是解答说:"黄绢,色丝也,这是一个'绝'字;幼妇,少女也,这是一个'妙'字;外孙,女之子也,这是个'好'字;齑臼,受辛也,这是一个'辞'('辤'同'辞')字。这八个字的意思是'绝妙好辞'！"

传说后来蔡邕就在栎社镇上住了下来，再后来他赴京赶考，把赵五娘一个人扔在了这里……于是，当地人对他失去了好感，为了表现不满，就编出《赵五娘与蔡二郎》的鼓词来抨击蔡邕。高明到了栎社，得知这个传说，于是有感而发，就照他的理解认识写出一个新的蔡伯喈来。不过，这些只是民间传说而已，史书找不出依据。

关于高明其人的传说更是丰富多彩，有说高明年少聪明能诗善对，说他为人不畏权贵敢主持正义，说他当官为民做主刚正不阿，说他写作《琵琶记》呕心沥血感动上天。舒良娅《高则诚的故事》[①] 一书中，有一则《申明亭》的故事，记叙一个名叫祖杰的和尚霸占了温州的江心寺，为非作歹，欺侮妇女。瑞安书生李贤带妻子去进香，祖

申明亭

杰见色起意，强要留李妻在寺。李贤夫妻惹不起逃亡避难，祖杰却穷追不舍派爪牙追赶，威逼利诱。李妻宁死不从撞石身亡。高明得知此事，就汇集读书人在瑞安城内的一个亭子里，倡议给温州知府写了一篇声讨祖杰的檄文。温州知府慑于舆论压力，捉拿祖杰归案，明正典刑。为了纪念高明这一义举，人们便把读书人聚会的亭子叫"申明亭"，城内那条巷子也取名为"申明亭巷"。

其他还有不少是高明办案的故事，如《犬鹿相伤》、《巧断鸡头檐》、《辨诬雪冤》、《囹圄一空》等。高明在庆元任推官时，一名叫贴

① 舒良娅：《高则诚的故事》，浙江人民出版社 1987 年出版。

木儿的蒙古权贵虐待一家丁，把他打死。高明知道后，主动要为这个家丁申冤。他说："贴木儿无端打死人，必须偿命。"贴木儿就请托高明的上司——江浙统帅达公，达公对该案批示："家奴平日为人劣迹甚多，主人一怒之下，杖之至死，情有可原。"高明看到这个批文后说："如果杀人罪可宽恕，还有什么罪可以判呢？"高明不顾上司批文，仍旧判决："杀人抵命，泰山或可移，此案不可改。"《装疯拒官》则说刘伯温向朱元璋推荐高明，朱元璋修书派特使去请高明。高明听到特使到达的消息后，便故意在人前不吃菜蔬，专啃菜根，装疯卖傻不肯应诏，这也是他号为"菜根道人"的来历。

至于高明在栎社创作《琵琶记》更有逸事传闻，说高明在沈氏楼写《琵琶记》，沈小姐对高明深深爱慕。高明临行，小姐欲留住高明，又羞于直白，就道"雨无门户能留客"，高明却回答"虹有桥梁不渡人"。

高则诚纪念馆

关于高明的这些传说，2008 年 8 月已经被列入第二批瑞安市非物质文化遗产。南戏和高明已经永远成为瑞安文化的标志。如今在瑞安已经成立有高则诚研究会，召开了《琵琶记》学术研讨会，1993 年在柏树村还修建了高则诚纪念堂。门前一幅楹联是："此地曾蕴玉，其人可铸金。"横额为"南曲祖师"。纪念堂内的陈列有高则诚的名著《琵琶记》全集，《瑞安县志》中的《高则诚传》全文，目前流传下来的

高则诚撰写的文学作品《大成乐赋》等七十余篇。此外陈列柜内收集研究专著近百篇。瑞安市政府主持出版了《古本琵琶记汇编》，瑞安市"十二五"发展规划还决定建设高则诚公园，让南戏文化永驻瑞安，使高则诚开创南戏的精神发扬光大。

有趣的是不仅在瑞安，在东阳也建立有高明纪念馆，因为那里也流传着关于高明创作《琵琶记》的传说。高明在东阳横城义塾编《琵琶记》的故事，像大骗、小骗，大别、小别等情节，几百年下来代代相传，某些年长之辈仍然津津乐道。当今东阳的横城村，不仅创建了高则诚纪念馆，还立有高则诚的塑像，而且保留有关《琵琶记》的楹联。

043

真情持守
凄苦缠绵
《琵琶记》

WEN

HUA

ZHONG

GUO

第三章

深情礼赞人性之美

一、立志进取，成名可嘉

《琵琶记》是一部爱情剧，也是一部家庭剧、伦理剧。剧本歌颂了主人公的持守真情，品德可嘉，同时也深情礼赞了人性之美。我们说所谓人性就是人与生俱来的本性，孔夫子曾说："食色性也"，这"食色"不过是人类求生的本能。但是人既然是社会性的群体，必然还要有在社会生活所具有的本性，这种本性有好的一面也有坏的一面，就是儒家大师从不同侧面所见而言的"人之初，性本善"和"人之初，性本恶"。我们这里不是专门探讨人性论，只是意在说明人性是客观存在。美好的人性可以做到"先人后己、先公后私、杀身成仁、舍生取义"；恶劣的人性则可以使人"损人利己、见利忘义"，极端认识则以为"人不为己、天诛地灭"。美好的人性是一种进取之心，因此会使人

立志、进取、成功。

立志、进取、成功，是每个人人生的必然过程，也是人性的必然表现。古今概莫能外。青少年要立志，志在何方却是大有讲究。所以历来家长都要深切关怀，具体指导，殷切盼望。"人无志，无以立。"朱熹曾说："志气之帅也，人之命也，木之根也，水之源也。"意思是说，志气所

朱煮（1130~1200）

立，统帅一个人，就如一个人的性命，树木的根，水的源泉。人无志，则无方向，无根本，无生命。曾参曾说："士不可以不弘毅，任重而道远。仁以为己任，不亦重乎？死而后已，不亦远乎？"立志就当立弘毅之志。青少年时期是"立志"奋斗的阶段，如果立志高远肯于吃苦学习，以后基本没有什么力量可以更改它。一个人志向的高低在一定程度上决定着一个人未来成长的高度。志向对于一个人的成长起着引导作用。人无志无以立，甚至在嵇康看来，"人无志，非人也"。一个没有志向的人必是浑浑噩噩、得过且过之人；一个志向偏离人道的人，就可能是走向危害社会的人；一个只知道崇拜金钱、以钞票为志向的人，是很容易受诱惑而误入歧途的。只有胸怀大志之人，才是真正懂得自强不息、不受外界诱惑而奋发图强的人。

人，要立志进取，突出表现就是胸怀"欲望"，也就是理想。这样的人才会去追求美好，追求完美。但是在一定社会环境下生存的人，其追求的目标、手段、方法并不一样。这其中就有高尚与卑劣之别。《琵琶记》中高明讴歌的是他心目中的完美人性，其中一号男主人公蔡伯喈的突出表现就是他对于生存现状的不满和立志高远，以及对美好未来的积极追求。老百姓常说的一句话，叫做"人往高处走，水往低处流"。什么叫"高处"？不同时代，不同社会，不同环境，不同的人

真情持守
凄苦缠绵
《琵琶记》

WEN

HUA

ZHONG

GUO

会有不同的答案。但是就高明笔下所写的蔡伯喈的时代环境，那就是"万般皆下品，唯有读书高"。因为读书可以做官，可以鱼跃龙门步入仕途，改换门庭。所以千千万万家庭都要自家子弟走读书之路。

不止高明写作《琵琶记》的时代，时至今日，有多少家长望子成龙，不也是要孩子上小学，念中学，读大学吗？为了要孩子读好书，不仅让孩子在学校读，还给孩子请家教，领孩子上各种校外的辅导班、补习班，费尽心血教导孩子从小立志，积极进取。这些莘莘学子们努力考取重点中学大学、名牌中学大学，考取研究生、博士生，甚至出国留学，也是要实现自己的梦想。再看高明笔下的蔡伯喈，他经历了十载寒窗苦读，也是一心想腾跃成龙骅骝驰骋。当赶考路上与同行的学子谈论学识志气之时，蔡伯喈侃侃而谈："小子坐则读，行则吟，穷年屹屹苦搜寻。文章惊世无敌手，尽是当年惜寸阴。"

在《文场选士》一出，模拟考试考官以对对子、猜谜语和唱曲儿三桩游戏文字来考察举子们的文才，这虽然不无讥讽科举的味道，但是也显露出了蔡伯喈文思敏捷，才情斐然。对对子，考试官出的上联是"星飞天放弹"，蔡伯喈应声对曰"日出海抛球"。可谓工整稳妥。考官出的谜面是"一声霹雳震天开，两个肩头不得闲。去买纸来作裱褙，欠人钱债未曾还"。要求谜底是八个省名。按说这个谜语是有一定难度的，但是蔡伯喈还是立即猜出来了。八个省分别是：京东京西，江东江西，湖东湖西，浙东浙西。最后一曲，试官唱【北江儿水】，要蔡伯喈凑足最后一句，押韵和谐，意思连贯。试官唱的是："长安富贵真罕有，食味皆山兽，熊掌紫驼峰，四座馨香透。"蔡伯喈看试官让他接下句，立刻回答："奉与试官来下酒。"试官非常高兴，随即宣布："蔡秀才，今科中式举人虽多，只有你才学高迈，文字老成，俺就复奏圣上，将你取为第一甲头名状元。"如果状元就是这样取得的，那几乎是儿戏。高明之所以这样写当然有对科举制度的不满在。但是蔡伯喈

志在必得，读书成名，也在这里得到体现，反映了那一时代读书人和寻常百姓家要改换门庭的迫切愿望。戏中一位首领官所说"朝为田舍郎，暮登天子堂。将相本无种，男儿当自强"，是封建社会普遍流传的谣谚，也是民众鼓励小辈人读书上进的口头语。科举一旦得中，那是全家全村大喜之事。吴敬梓所写《儒林外史》一书描写"范进中举"的故事，就真实反映了那个时代人们对科举的着魔情况。所以蔡伯喈听到试官允诺他为状元，也不禁喜出望外，唱道：

> 君恩喜见上头时，今日方显男儿志。布袍脱下换罗衣，腰间横系黄金带，骏马雕鞍真是美。

试官也纷纷庆贺说："状元，你读书万卷非容易。喜得登科擢上第。功名分定岂误期？那更三千礼乐无敌手，五百英雄尽让伊。""人生当用显门闾，荫子封妻荣自己。马前喝道状元归，雁塔挥毫题姓字，一举成名天下知！"按照当时习俗，考中状元的人要"赴宴游街"，蔡伯喈甚是得意，唱道：

> 姮娥剪就绿云衣，折得蟾宫第一枝。宫花斜插帽檐低，一举成名天下知。

> 荷衣新惹御香归，引领群仙下翠微。杏园惟有后题诗，此是男儿得志时。

而众人也都为得志之士庆贺："玉鞭袅袅，如龙骄骑。黄旗影里，笙歌鼎沸。如今端的是男儿，行看锦衣归故里。"人们总结说："名传金殿换青袍，酒醉琼林志气豪。君看万般皆下品，思量惟有读书高。"

过去人们评价《琵琶记》多是说高明意在讽刺科举，通过蔡伯喈的故事要说明的是科举害人，因为蔡伯喈中状元后，不顾年迈父母，不管新婚妻子，而滞留京都，另娶新欢招赘相府。这实恐怕曲解了高明。我以为高明写蔡伯喈读书高中，正是写出了那一时代人们刻意上进努力进取的本性。至于蔡伯喈中状元后发生的事情，那是蔡伯喈也

047

真情持守
凄苦缠绵
《琵琶记》

WEN

HUA

ZHONG

GUO

始料未及的。那些事情我们后面再一一分说。就蔡伯喈十年寒窗苦读，能够做到"高才绝学，休夸班马"，那恰恰是高明对蔡伯喈有真才实学的赞叹和歌咏，是他对人生应该早年立志积极进取的充分肯定。虽然他对于科考的弊端有所不满，但是并没有否定科考，反之也还是肯定科考是读书人奋斗的一条出路。

高明在戏中对人性向上、励志进取的歌咏，是继承了中国古代有识之士的优良传统。高明之前的先贤就明确论说了人有大志向才会有大成功。墨子云"志不强者智不达"，诸葛亮讲"志当存高远"，苏轼讲"古立大事者，非唯有超世之才，亦必有坚韧不拔之志也"。曹操说："夫英雄者，胸有大志，腹有良谋，有包藏宇宙之心，吞吐天下之志者。""志高则品高，志下则品下。"班超弃笔从戎，立志"当效傅介子、张骞立功异域，以取封侯"，成为我国历史上著名的军事家、外交家；苏轼自小"发奋识遍天下字，立志读尽人间书"，最终成为我国历史上影响深远的大文学家。同样，高明也是一个志向不凡的人，所以他才会不甘寂寞，虽仕途失意，却在戏曲上独辟蹊径，成为一代宗师；所以他在《琵琶记》中对人生立志、进取之心等人性之美，才会大加礼赞。

二、亲情、友情、爱情——贵在真情

亲情、友情、爱情都是人性的一部分。人世间的亲情是与生俱来，血脉相通的血缘关系。友情则是人在社会中形成的人际关系，由于缘分，也由于人的交往需要自然而然产生的。爱情更是人生必不可少的需求。亲情使人愉快，友情使人欢乐，爱情使人幸福。三种感情共同构成人生的精神支柱，三者缺一，人生则不完美。因为亲情哺育人成长，使每一个人从年幼无知不懂世事，逐渐长大，成人成才，立足社

会；因为友情帮助每一个人前进，使他人生的道路充满欢笑不再孤单；因为爱情使每一个人有婚姻家庭，使每一个人的人生道路更完整，使每一个人心灵更欢悦幸福，使每一个人的生命焕发出绚丽的光彩。所以每一个人都不可忘记年迈的双亲，不可忘记昔日的朋友，更不可忘记自己的爱人。眷恋亲人是人的本能，追求爱情是人的天性，珍惜友情是人的德性。时代不同人性相通，所以高明在他的《琵琶记》中尽力讴歌亲情、友情、爱情，揭示了亲情、友情、爱情都贵在真情，出自本性，发乎自然。

亲情包含的内容很多，大体讲，最主要的是父母对儿女的关爱与儿女对父母的孝敬。没有父母的关爱，儿女难以成人；当父母年迈之时，则需要儿女的关照。父母疼爱子女是人类的共性，也是人性美的一种崇高体现。任何存在物，只要作为类而存在，总会具备某种共性的东西。《琵琶记》虽然描写重点不在孝道，但是所写蔡家和牛家两家父子、母子以及父女之间的浓浓亲情就十分深切感人。

蔡伯喈是一个读书人，蔡父为了让儿子不负所学，出人头地，不顾自己和妻子年迈体衰需要儿子照顾，毅然决然"强迫命令"蔡伯喈远赴京城应考，这是一个父亲对儿子的最深的慈爱。唯有爱之深，才会训斥儿子离家赶考。蔡伯喈深爱父母，知道父母双双步入花甲之年，家中极需要人照顾，所以尽管他学有所成深深自负，以为求取功名不过如探囊取物，但是他也不愿离开父母远游京城。父亲强令儿子应考，儿子不愿应考，两者行为的宗旨都是出于亲情，戏剧把这一点写得自然而然。而蔡母对儿子去应考态度不积极，甚至对丈夫一力撺掇儿子应考不满，其出发点依然是出于亲情。她想的是儿子新婚俩月，自己和丈夫都年迈，一家人相依为命，快快乐乐平平安安就是好日子。一家人团聚在一起就其乐融融。而牛丞相跟女儿之间也是父亲疼爱女儿，所以他一定要给女儿找一个有出息的女婿，非状元不嫁。这种父女深

049

真情持守
凄苦缠绵
《琵琶记》

WEN

HUA

ZHONG

GUO

情，观剧者都会感受到。当牛小姐嫁给蔡伯喈之后，才得知蔡伯喈原来有妻室，牛丞相为女儿着急生气更是表现了一个父亲对女儿的怜爱之情。而牛小姐在戏中对父亲的体贴关爱深深理解，处处表现出一个女孩儿对父亲的痛惜，也表现出她的一番孝心。高明写剧意在风化，《琵琶记》可以说是一部家庭伦理剧，所以戏中对亲情的高歌甚为感人。

爱情乃人生之必然，夫妻乃人生之伴侣。古人云："夫妻相敬如宾，则夫妻尽道，处夫妻而能尽道，则处父子兄弟君臣上下，斯能尽道。""妇子于夫，终身以托，甘苦同之，安危与共。"《琵琶记》是一部爱情戏，所以对爱情描写甚为独到。虽然该戏写得凄苦缠绵，但是持守真情，表达剧中人物之间的真挚爱情并加以礼赞仍是这部戏的主流。剧中男主角蔡伯喈对赵五娘和牛小姐的爱应该说都是真挚的情深的。蔡伯喈爱赵五娘不仅表现在他对五娘的深信重托，更表现在他对五娘的思念和关爱；他对牛小姐的爱则表现在他的欣赏和感激，在他对两个女人都一片真心，毫不欺瞒。而五娘对蔡伯喈的爱更多表现在不负所托，替丈夫恪尽孝道侍奉公婆。更感人的是她千里寻夫一往情深。而牛小姐对蔡伯喈的爱则表现在对丈夫深深的理解，大度宽容，以及他和赵五娘的主动沟通言和。人性美在他们身上可以说表现得淋漓尽致。相比当今婚姻突变家庭破裂之概率急剧增长，第三者插足之多固然是一个不容忽视的原因，但是传统美德的丧失，只重一己之欢，舍弃爱情，忽视家庭，甚至把家庭婚姻作为桎梏，恐怕是根本原因。为此《琵琶记》在当代演出仍不失其现实意义。

友情的基础应是同道，宋代欧阳修曾说："君子与君子以同道为朋，小人与小人以同利为朋。"同道是可遇而不可求的。友情贵在诚信忘我。在《琵琶记》中对友情的歌颂，具体化为邻里情深，突出表现在蔡伯喈家的友邻张太公张广才身上。张广才跟蔡家为邻，与蔡父为

友，或者说跟蔡家为友。蔡家发生争执时，他去调停解劝，蔡家遇到困难时他主动伸手援助，蔡伯喈离家赶考后他不负所托，承担起照顾蔡家的重任，灾荒年主动给蔡家送粮，蔡家老人去世他主动相帮料理，赵五娘上京寻夫他关怀备至……种种作为，可以说张太公尽到了一个朋友的职责，更是一位难得的好友邻。俗语说"百金买屋，千金买邻"，就是说友邻难得啊。

亲情、友情、爱情的核心就是"真、善、美"，就是人性美。如果现实社会每个人都以"真、善、美"的标准来要求和约束自己，那么，人们生活的世界就一定会幸福美好。遗憾的是当今一些人交往以利益为目的，亲情、友情甚至爱情都沾染上铜臭的味道，请客、吃饭、聚会、聊天，成了为达到某种目的而使用的手段。其实，亲情应该永远是我们人生中最宝贵的财富，不管父母能够给予什么，人们都应感激和感恩。人生路上的朋友，不管是穷，是富，真正的朋友总是相互关心，尤其会在逆境中携手并肩，同舟共济，同患难共富贵，悲喜与共。爱情，则是千里有缘来相会，遇见是福，得之是幸，就像蔡伯喈与牛小姐；但是又必须用真心相待，用虔诚经营，就像蔡伯喈与赵五娘。

亲情，友情，爱情，是美好的感情，《琵琶记》尽情地讴歌赞美，是很值得人们体味的。

三、善心、善意、善事、善行——与人为善

"真、善、美"是一种崇高的道德标准，人性的真、善、美是人类实践活动所追求的理想目标，追求真、善、美的交融是人性的需要，是人的崇高和永恒的价值取向。我们的社会只有人人心中珍存真诚、友善、信义时，人们才会拥有美好的生存空间，才能保持和谐、友善的人际关系。

真情持守
凄苦缠绵
《琵琶记》

WEN

HUA

ZHONG

GUO

善，是人的一种道德品性，是人的生命精神上升之路，也是道德自我追求超越之路。可以说《琵琶记》全本都在礼赞人性之善，礼赞剧中人的善良——善心、善意、善举、善事、善行，都在揭恶扬善，礼赞与人为善。

什么是善良？善良就是出自内心，出自本性，无私地对他人关爱、包容、体谅、协助。善良就是以爱心对他人。善良也是中华民族的美德。中国传统文化历来追求一个"善"字：待人处事，强调心存善良、向善之美；和人交往，讲究与人为善、乐善好施；对己要求，主张独善其身、善心常驻。心存善良之人，他们的心滚烫，情火热。人有善心善意则会产生善行，善良是生命的黄金。多一些善良，多一些谦让，多一些宽容，多一些理解，让人们在生活中感受到美好和幸福。这是善良的人们向往和追求的，也是我们勤劳善良的中华民族所提倡和弘扬的。

《琵琶记》中场场是对善的赞歌：【副末开场】即严正宣告该剧创作意图是纠正"风化"，歌咏"子孝妻贤"。何谓风化？风化即指一定社会时期的风俗教化，社会习尚。《琵琶记》就是要给当时社会树立起一面从善、敬善、学善的旗帜。人们常说："百善孝为先"。中国自古至今都是一个礼仪之邦，"孝"字为先的文明之国，"与人为善，孝顺父母"这是理所当然。所以《琵琶记》就着眼于"孝"字做文章，歌咏"孝"为大善。

《琵琶记》的主人公一上场，给人们展现的就是一家和睦其乐融融的场面。蔡伯喈十年苦读满腹经纶，但是为了赡养双亲，他甘愿把"功名富贵，赋之天也"。紧接着父亲出于疼爱儿子，为儿子前途着想，"逼迫"蔡伯喈去应试。蔡伯喈临行则把照顾父母的重担撂在了妻子五娘的肩上。五娘跟蔡伯喈结婚刚刚俩月就要分离，难舍难分是人之常情，她更感到两个老人要她照管，担子无比沉重。她有心不叫丈夫离

家赶考，她说："官人，我的埋怨怎尽言，我的一身难上难！"但是丈夫去意已定，临行对五娘说："娘子，你宁可将我来埋怨，莫将我爹娘冷眼看！"一再表现了蔡伯喈的心地善良，"孝"字铭刻在心。五娘的善良则表现在丈夫离家之后，她一人独自挑起照顾两个老人的重担。灾荒年她宁可自己吃糠也要叫老人吃米，有多大难处自己从不抱怨。对于老人的误解她包容忍受，并不跟老人争辩。老人生病她竭力服侍喂汤喂药，老人去世她无以为葬，无奈之下只得剪发出卖，自己罗裙包土修筑坟茔。这样一个贤惠善良的儿媳，就是在当今也堪称楷模啊。

再看牛小姐，她身为相国小姐，应该说是娇生惯养，对于出身贫苦人家的丈夫，她却能够爱其才，敬其人，善待体贴。特别是她知道五娘是丈夫的前妻后，所表现出来的宽容大度，容让谦和，真是难能可贵极了。她不仅没有耍什么小姐威风，拿什么小姐架子，竟然主动想方设法帮助丈夫蔡伯喈跟他原配妻子赵五娘相认。她自降身份把五娘捧至上位，并且自责说："设着圈套，被我爹相招。相公，你也说不早，况音信杳。姐姐，你为我受烦恼，为我受劬劳。相公，是我误你爹，误你娘，误你名为不孝也。做不得妻贤夫祸少。"其实牛小姐所说那些过错跟她并无关系，但是她越自责越表现出她为人本性善良。当蔡伯喈知道自己在京期间家中发生巨大变故，妻子受了不少苦，他也很内疚，立即辞官守孝，再次表现出他的善良，正如古人所云："人非圣贤，孰能无过，过能改之，善莫大焉。"牛小姐则立即应答："相公，我岂敢惮烦恼？岂敢惮劬劳？同去拜你爹，拜你娘，亲把坟茔扫也。使地下亡灵安宅兆。"可以说牛小姐的善言、善意、善行完全是出自她的善心本性。

就是牛丞相，人们一向认为他是一个自私自利的角色，实际上他也不是一个恶人，同样是一个心地善良的老者。他为女儿做的一切，看似自私，实际是出于真诚的父爱。特别是当他知道赵五娘千里来寻

真情持守
凄苦缠绵
《琵琶记》

WEN

HUA

ZHONG

GUO

夫找到丈夫蔡伯喈之后，他没有不近人情赶尽杀绝，而是深深懊悔："当初是我不仔细，谁知道事成差池。痛念深闺幼女多娇媚，怎跋涉万余里？天哪，我嫡亲更有谁，怎忍分离？罢罢，不教爱女担烦恼，也被旁人讲是非。"他于是答应女儿跟蔡伯喈赵五娘一家三口同去守墓，并最终为蔡伯喈一家请得圣旨旌表。

至于蔡伯喈家的邻居朋友张广才那更是一个古道热肠的善良老者。他在戏中虽然是一个次要角色，但是他的与人为善关爱他人、帮助他人的善举义行给人印象却极为深刻。作为邻里长辈他不仅为蔡伯喈前途着想，帮助蔡父说服蔡伯喈去应考，而且慷慨允诺在蔡伯喈离家期间，帮助蔡伯喈的妻子五娘照顾蔡父蔡母。他说到做到，言而有信。饥荒年他也是去领救济粮，但是他领来就要分给比他更困难的蔡家。蔡家老人去世，不等五娘去请求帮助，他自己到来，尽其所能，帮助料理；在五娘离家后又替蔡伯喈他们照顾老人的坟茔。这种不求回报帮助他人的善行义举，可以说是更具感染力的。

当然，社会是复杂的，人性也各不相同。《琵琶记》在讴歌赞颂人性善良的同时也揭露鞭挞了人性的丑恶，诸如秀才的自吹自擂不学无术，衙役奴仆的吹嘘拍马敷衍公事，媒婆的花言巧语贪图小利，官吏的贪婪残暴强取豪夺，拐儿偷儿的无耻诈骗，虽然各色人等在剧中不占主要地位，但是一副社会群丑图已然展现在观众眼前。他们和剧中主要人物的善良本性的表现形成了鲜明的对比。作者要通过剧作"正风化"正的就是褒扬善良，批判丑恶。可以说作者成功达到了预期目的。

真、善，是人的本性，人性的自然表现。丑、恶，是人的本性被掩盖、扭曲的结果。古人说："人之初，性本善。""苟不教，性乃迁。"所以善良虽然是人的本性，也还需要从早年起，就养成善心善意与爱人的习惯，人们需要不断地培养陶冶，随时警惕不要丧失本性，

丢失天良。人有善心、爱心，具有坦直、诚恳、忠厚、宽恕的精神，会给他人带去欢乐，自己活得也会愉快。《琵琶记》给人们展示了这一点。蔡伯喈、赵五娘、牛小姐，以至蔡父蔡母、牛丞相、张太公等等，他们与人为善，自己也最终有所收获。这就应了那句老话："善有善报"。

四、歌颂忠孝，树人立家

千百年来，"仁义礼智信，忠孝廉耻勇"10字，构成了我们中华民族的魂魄。家庭是社会的细胞，"仁义礼智信，忠孝廉耻勇"的信念就在每一个家庭的成员间代代传承。在家庭中每一个成员关系都有伦理道德的约定。儒家经典《礼记·礼运》曰："何谓人义？父慈，子孝，兄良，弟悌，夫义，妇听，长惠，幼顺，君仁，臣忠。"父慈子孝，兄友弟恭，怎么做都是应该的，这里无需什么感激。"如施者任德，受者怀恩，便是路人，便成市道矣。"《孝经》云："夫孝者，天之经也，地之义也，人之本也"，"夫孝，德之本也"，"孝慈，则忠"，"教民亲爱，莫大于孝"，视孝为天经地义。所以"孝"历来被称为"百德之首，百善之先"。人性是天赋的，孝义则是人人都生而具备的天性。但是受外界环境影响，人性也是可以改变的，所以人人都应该加强自身修养，保持忠孝的良善本性。家庭是以婚姻和血缘关系为基础的社会基本细胞。维系家庭和睦，古人认定必须要以孝道为主宰，以忠孝为立家之本。《琵琶记》的主旨就是借一个凄楚动人的爱情故事，竭力歌颂以良善树人，以忠孝立家，从而匡正社会风化。

家庭和睦是社会和谐的基本保障，所以《琵琶记》从不同方面展现了以蔡伯喈为中心的家庭生活的种种场景。第二出《高堂称寿》众人合唱【宝鼎现】曲牌的唱词"愿年年岁岁人在花下，常斟春酒"，

055

真情持守
凄苦缠绵
《琵琶记》

WEN

HUA

ZHONG

GUO

将一幅人伦和美的团圆景象活脱脱画出。虽然后来蔡家在多年的生活变故中，发生了不少悲剧，这期间有许多曲折磨难，但是最终一家人的忠孝节义得到社会的肯定。全剧最后《一门旌奖》结尾众人高歌【永团圆】曲道："名传四海人怎比？岂独是耀门闾？人生怕不全孝义，圣明世岂相弃。这隆恩美誉，从教管领何所愧，万古青编记。如今便去，相随到帝畿。拜谢皇恩了，归院宇，一家贺喜。共设华筵会，四景常欢聚。显文明开盛治，说孝男并义女。玉烛调和归圣主。"可以说《琵琶记》这部描写家庭生活伦理关系的剧作，为人们树立了一个忠孝树人立家的典范。作者向人们讲述了忠孝树人立家的根结，即：敬亲、奉养、侍疾、立身、谏净、善终，惟其如此，人才可以立世，家庭才会和睦，生活才会和谐。

首先，《琵琶记》中写蔡伯喈胸有壮志，怀有文才，但是他爱父母，希望能够亲自陪伴他们、赡养他们，不想为个人前途离开父母去应考，这是真实的爱，真实的孝，绝不像某些人说的蔡伯喈是假情假意、虚伪做作。蔡父也是出于爱子之心，以大义言讲，以大孝为忠，教导蔡伯喈。蔡伯喈是孝子必听父命，正所谓"为孝必敬"，"恭敬不如从命"。在家庭中子女对父母要"爱"，更要"敬"，还要"顺"。没有"敬"、"顺"和"爱"，就谈不上"孝"。孔子曾曰："今之孝者，是谓能养。至于犬马，皆能有养，不敬，何以别乎？"这也就是说，子女尽孝绝不仅仅是为父母提供物质给养，孝的关键在于对父母的爱，发自内心的真挚的爱。过去论《琵琶记》者有人以为是蔡父逼迫，蔡伯喈无奈，把蔡父说成是一个利欲熏心之徒，把蔡伯喈说成是一个名利小人、不忠不孝者，实际是没有领会或歪曲了作者的原意。作者所写恰是在歌颂蔡家一门的大义和忠孝。

其次，子女对父母的敬爱要和物质奉养紧密结合，要从物质上供养父母，赡养父母。"生则养"，这是孝敬父母的基本准则，也是基本

回报。如果做不到这一点，那是连禽兽都不如了。同时，父母年迈体弱，在老人生病时"侍疾"也是儿女应尽的职责。《琵琶记》在歌颂主人公的这种孝行时，把笔墨集中在赵五娘身上。五娘的行为真可谓感天动地，虽然戏剧中也真的描写了五娘孝行感动天神帮助五娘为老人筑坟，那是一种浪漫笔法，但是实际也是说明作为儿媳，五娘的孝行可以说仁至义尽无以复加。有的论者或以此来指责蔡伯喈未尽奉养侍疾之孝，就是不孝，实则是作者特意安排五娘行孝，不仅是写五娘自己尽孝，也是在写她代夫行孝，因为蔡伯喈临离家时已经把照顾父母的重任撂在了妻子的肩上。五娘照顾公婆生活，侍疾喂药，那都是包含有丈夫的一片孝心在内的。蔡伯喈和赵五娘是夫妻同心，不能把他两人对立起来。

再者，《孝经》云："安身行道，扬名于世，孝之终也。"也就是说，子女"立身"成就了一番事业，对父母来说那是无上光荣，无比自豪。蔡父希冀儿子的也是一举成名天下知，蔡伯喈做到了这一点，蔡父教子成人的愿望得以实现，忠孝树人立家得到具体体现，这也可以视为蔡伯喈孝的表现。反之，那些一字不识、科场作弊、庸庸碌碌的人们，他们守候在父母身边当"啃老族"就是孝吗？那才是对父母的真不孝啊！

还有，《孝经》言："父有争子，则身不陷于不义。故当不义，则子不可以不争于父。"也就是说，父母有失误的时候，子女不能顺从，而应进行谏诤，这样可以防止父母陷于不义。《琵琶记》中牛丞相出于爱女心切，对于牛小姐要和丈夫一起回乡"待共事高堂，执子道妇道以尽礼"，牛丞相不理解，加以阻挠，说："呀，我乃紫阁名公，汝是香闺艳质。何必顾此糟糠妇？焉能事此田舍翁？"但是牛小姐并没有听从父亲的安排，她义正词严，劝谏父亲："爹爹，普观典籍，未闻妇道而不拜舅姑；试论纲常，岂有子职而不事父母？若重唱随之义，当同

057

真情持守
凄苦缠绵
《琵琶记》

WEN

HUA

ZHONG

GUO

尽定省之仪。彼荆钗布裙，既已独奉亲闱之甘旨；此金屏绣褥，岂可久恋监宅之欢娱？爹爹身居相位，坐理朝纲。岂可断他人父子之恩，绝他人夫妇之义？使伯喈有贪妻之爱，不顾父母之愆；俾孩儿坐违夫之命，不事舅姑之罪。望爹爹容恕，特赐矜怜。"牛丞相却说蔡伯喈既然在家中有媳妇，还去做什么。此时牛小姐唱道：

> 爹爹，他媳妇虽有之，念奴家须是，他孩儿次妻。那曾有媳妇不侍亲闱。若论做媳妇的道理，须当奉饮食，问寒暄，相扶持，蘋蘩中馈。爹爹，又道是养儿代劳，积谷防饥。

> 他终朝惨凄，我如何忍见之？若论为夫妇，须是共欢娱。爹爹，他数载不通鱼雁信，枉了十年身到凤凰池。

剧中牛府家人也替牛小姐据理力争，老姥姥批评牛丞相："事须近礼，怎使声势？休道朝中太师威如火，那更路上行人口似碑！"终于使牛丞相思量"不教爱女担烦恼，也被旁人讲是非"，同意了女儿跟蔡伯喈一起省墓，纠正了自己的错误言行。

最后，《孝经》还指出："孝子之事亲也，居则致其敬，养则致其乐，病则致其忧，丧则致其哀，祭则致其严，五者备矣，然后能事亲。"也就是说作为子女尽孝必当为父母养老送终，办理丧事，守墓尽孝。《琵琶记》中充分描写了这个过程。虽然丧事是五娘一手办理，但是蔡伯喈和牛小姐得知父母双亡的消息，能够立刻辞官回乡，为父母守孝，说明他们也同样尽了自己的一片孝心。

我们说"孝"的基本含义就是"善事父母"。父母是孩子生命的缔造者，父母与子女的关系是所有人际关系中最自然、最亲密的关系。很难设想一个对给予自己生命的父母都不爱不敬的人，怎么能生发对他人、社会、国家的爱。可以说中华民族传统孝道所讲的"养亲敬亲"思想，是适合任何人类社会，具有永恒价值的。家庭是社会的细胞，是每个人生活的基地，家庭成员就应该和睦相处、关系融洽，父母关

爱子女，子女孝敬父母，夫妻恩爱互相谦让，互敬互爱，互相帮助。同时要善待亲友。无论对亲戚、邻居，还是对同事、朋友，都要用一颗善良的心相待，与人为善。这一切都是"孝义"的表现。《琵琶记》可谓是一部全面宣扬中华孝道的教科书，也可以说是把《孝经》故事化的生动的表现。

059

真情持守
凄苦缠绵
《琵琶记》

WEN

HUA

ZHONG

GUO

第四章

衷心颂扬传统美德

一、父母对子女舐犊情深

人性是人的自然本性；道德是人的社会属性，是人生立世的观念、准则。人性美，道德必然高尚；人性恶，道德必然低下。道德是可以代代传承，是可以不断优化的。中华民族是一个有悠久历史文化的民族，更有优秀的传统美德。而"仁、义、礼、智、信"就共同构成了中华民族传统道德大厦的基本骨架。其中"仁"讲的是人际之间相互关怀、尊重的情感，是使社

会和谐发展的道德规范；"义"讲的是超越自我、主持正义、维护公道的做人态度；"礼"讲的是维持人际关系和社会秩序的一种标准和规则；"智"讲的是人认识自我和客观环境以及解决矛盾、处理问题的智慧和能力；"信"讲的是人们社会交往和处事的道德准则。中华民族历来把"仁义礼智信"作为"五常之道"。早在汉代文献《白虎通义》就明确写道："五常者何？仁、义、礼、智、信也。仁者不忍也，施生爱人也；义者宜也，断决得中也；礼者履也，履道成文也；智者知也，独见前闻，不惑于事，见微者也；信者诚也，专一不移也。故人生而应八卦之体，得五气以为常，仁义礼智信也。"仁、义、礼、智、信是儒家学说的核心。"儒"字拆开就是人需，儒学即符合人性需要的学问。

061

真情持守
凄苦缠绵
《琵琶记》

WEN

HUA

ZHONG

GUO

　　在家庭众多伦理关系中，张履祥《训子语》说："父子兄弟夫妇，人伦之大。一家之中，惟此三亲而已，父子尤其本也。"传统家庭伦理强调的是父慈子孝，既注重子女对长辈行"孝"，也强调长辈对子女的抚养、关心和爱护。父"慈"内涵很丰富，包括养子、爱子、教子等方面。"孝"的内涵主要有孝养、孝敬、孝顺等。父母对子女应施以"慈道"，子女对父母则要尽以"孝道"。正因

张履祥

为"父慈"，所以"子孝"，两者是相辅相成的。父慈子孝是优秀的传统家庭伦理道德。父慈子孝是对父子伦理的根本要求，它是家庭道德规范的最主要方面。

　　高明《琵琶记》恰恰是抓住了这种传统美德，歌颂了父慈子孝——父母对子女舐犊情深，子女对父母克尽孝心，赞美了他笔下几个家庭的真情，和美，亲善。蔡父蔡母是怎样的人哪？他们一出场就是全家欢聚的时刻，对于儿子儿媳的孝敬他们深深感动。但是蔡父和

蔡母对于儿子有不同的希望。蔡父对蔡伯喈嘱咐的是："孩儿，惟愿取黄卷青灯，及早换金章紫绶。"他一心想让儿子早取功名，也不枉儿子十年苦读。蔡母则嘱咐儿媳："媳妇，惟愿取连理芳年，得早遂孙枝荣秀。"她希望早抱孙辈，一家团聚。两人的想法也都合情合理，更都合乎自然人性。这也是一般大众所共有的愿望。

蔡伯喈对于父亲的嘱咐深感为难。蔡父对伯喈说："孩儿，你今日为我两个庆寿，这便是你的孝心。人生须要忠孝两全，方是个丈夫。"所以他要蔡伯喈"上京取应"，说："倘得脱白挂绿济世安民，这才是忠孝两全。"尽管这些话表明蔡父对科举考试甚为迷恋，希望儿子有一天高中科举步入官场，能够光宗耀祖，但是也不能不说这种想法包含了父亲对儿子深深的爱。在那个封建时代，十年读书寒窗苦，一朝成名天下知，是千千万万读书人梦寐以求的愿望，也是千家万户要改变门庭的捷径。蔡父希望儿子走科举成名之路，无可怪罪，也是自然而然的事情，是父亲爱子的本性表现。但是蔡伯喈由孝心出发，不想应举，他说："爹妈高年在堂，无人侍奉，孩儿岂敢远离，实难从命。"蔡父却斥责伯喈所言"卑陋"。他教导儿子"做人要光前耀后"，劝导伯喈"青云万里，早当驰骤"。尽管蔡母反对，说："真乐在田园，何必区区公与侯。"蔡父却依然坚持："有儿聪慧，但得他为官，吾心足矣。"所以当朝廷黄榜一出，招贤纳士，蔡父便迫不及待催促伯喈："孩儿，天子诏招取贤良，秀才每都求科试，你快赴春闱，急急整着行李。"蔡母却舍不得独子伯喈远去，她希望"只有一个孩儿，要他供甘旨"。蔡父却反问老伴："呀，你怎说这话？如今去赴选的，家中都有七子八婿吗？"他斥责老伴："你妇人家理会得什么，孩儿若做得官时，也改换我门闾，如何不教他去！"望子成龙，这是多少家长对孩子的殷切期望，也正是家长对子女热爱的一种表现。这种行为尽管受一定时代和社会名利观、功利观的影响，但是人都是生活在一定社会环境中

的，所以这种爱，不能不说是在一定社会环境中的人性善、人性美的表现。

不说蔡父，就说当今有多少家长为了孩子将来能够出人头地，做出了多少牺牲。为了让孩子上大学，有多少家长的行为让人感动不已。舐犊情深这是普天下父母的共性。蔡父虽然自己已经年迈，正像蔡母所说："一旦分离掌上珠，我这老景凭谁?"可是蔡父并不从自身考虑，他要的是儿子"你若锦衣归故里，我便死了，一灵儿终是喜!"有人说这是蔡父受封建毒害，不顾亲情，有悖常理，其实蔡父也不过是爱子心切罢了。

《琵琶记》写舐犊情深不止于写蔡父，就是身为高官的牛丞相也是如此。牛丞相只有一个独生女，他说道："光阴似箭催人老，日月如梭蹉少年。自家没了夫人，只有一个女儿，如今不觉长成，未曾问亲。只一件，我的女孩儿性格温柔，是事实会。若将她嫁个膏粱子弟，怕坏了她。只将她嫁个读书君子，成就她做个贤妇，多少是好。"这一番话也许会有人说牛丞相势力，但是事实上牛丞相不过是要为女儿终身考虑。他并没有要求女婿家跟他门当户对，要女儿嫁一个和他一样的官宦人家。他只是不要女儿嫁一个纨绔子弟，他看中的是有真才实学的读书人。他为女儿寻婿，重的是人，是才，而不是金钱地位、势力门第。所以我们说牛丞相是真的疼爱女儿，是从父亲慈爱的本性出发，为女儿的一生幸福考虑，牛丞相的选择无可非议。对比当下有多少人家在儿女婚姻问题上，只重对方的金钱势力地位权力，他们太现实，太功利，几乎可以说婚姻也成了生意买卖。而牛丞相在封建社会为女儿择婿就能首先考虑人品才干，不能不说牛丞相甚有远见。他明确对媒人说："不捡什么人家，但是有才学，做得天下状元的，方可嫁他。若是其余，不许问亲!"

在旧时代男儿科举为官是家家梦寐以求的前程，是社会公认的无

真情持守

凄苦缠绵
《琵琶记》

WEN

HUA

ZHONG

GUO

上荣光，蔡父不顾自己年迈体衰，一力撺掇独子离家赶考足以说明他对儿子无限关爱。同样在那个时代，女子嫁得一个好丈夫，那是女方父母无比欢庆的大事，也是一个女人最大的幸福。因为那时候对妇女的道德要求就是"嫁鸡随鸡，嫁狗随狗"，女人必须遵守贞洁节烈的道德观。如果嫁错丈夫，那是女人一生最大的不幸。牛丞相深知这一点，所以他对自己唯一的宝贝女儿的婚姻大事才要大力干预，明确主张。而他的主张就是在当今看来也是可以理解的，也是比较先进的。这不也足以说明牛丞相的舐犊深情吗？高明正是从可怜天下父母心出发，从人性的真善出发，如实刻画记叙了蔡伯喈的父母对儿子的无限关爱，描写了牛小姐的父亲对女儿的无限关切。

二、子女对父母恪尽孝心

人生在世谁也不能脱离家庭关系，因为人都是父母生养的，普天之下，没有例外。当然在科技高度发达的今天和未来，随着克隆技术的发展，试管婴儿的诞生，生命细胞的演化，也许有一天人伦关系会发生很大改观。但是至少到目前，人类几千年历史，以至动物史，谁都不能否认父母对子女的关爱是无私的，母爱是世界上最无私的挚爱。不仅人类如此，动物也是如此。任何动物如果没有父母的关爱它都难以成活成长。同样，任何动物都不会无限生存，每一个个体生命都有它的生理年限。人，都有生老病死。人到暮年时就需要年轻的儿女去赡养，去照顾。动物界有所谓乌鸦反哺，羊羔跪乳，常被人们视为动物亲情的天性流露。所以古人说："羊跪乳，鸦反哺。人之情，孝父母。父母教，须静听。父母责，须敬承。身有伤，贻亲忧。德有伤，贻亲羞。"意思就是说羊有跪乳之恩，鸦有反哺之孝。动物都知道报答父母的养育之恩，人更应懂得孝敬父母：父母的教诲，一定要恭恭敬

敬地听，如果父母责备你，一定要虚心接受。要爱惜身体，身体有了伤痛，会让父母担忧；要有良好道德，道德出了毛病，会让父母感觉羞愧。

在当今现实生活中，对长辈不敬不孝甚至打爹骂娘的案件还屡有发生。更有民政部的调查说全国大约 1.67 亿老人中，有一半过着"空巢"生活。所以连新修订的《老年法》在社会保障里都要强调："与老年人分开居住的赡养人，要经常看望或者问候老人。"

高明在《琵琶记》里精心刻画了蔡伯喈和其媳妇赵五娘，赞许了他们的孝心。

戏剧一开始就给人们展现出高明夫妇给父母庆寿的欢乐图景。蔡伯喈一出场就给人深明大义、知书达理、非常孝敬父母的谦谦君子的印象。他出场所唱第一支曲子【瑞鹤仙】道：

> 十载亲灯火，论高才绝学，休夸班马。风云太平日，正骅骝欲骋，鱼龙将化。沉吟一和，怎离却双亲膝下？且尽心甘旨，功名富贵，付之天也。

这首曲子高度概括了蔡伯喈的才学志向以及他对父母的孝敬心怀。他曾经十年寒窗，挑灯苦读，饱读诗书，因此甚为自负，以为自己才学不在司马相如和班固之下，所以他跃跃欲试很想参加科考攀登龙门。但是他沉吟反复，双亲年老，又不忍心离家远行，就只能暂且伺候双亲，把考取功名富贵的事情寄托于天意吧。接着他又吟咏了一首【鹧鸪天】词：

> 宋玉多才未足称，子云识字浪传名。奎光已透三千丈，风力行看九万程。经世手，济时英，玉堂金马岂难登？要将莱彩欢亲意，且戴儒冠尽子情。

这首词进一步表明蔡伯喈才高八斗，傲视辞赋大家宋玉，文章高手扬雄。他自视甚高，有经世济时的雄心大志，看求取功名甚是容易。

但是二十四孝中老莱子戏彩娱亲的事迹，蔡伯喈深深铭记，所以他只能先不去求取功名而尽人子之道——孝敬双亲为上。

到底蔡伯喈有怎样的才学？他自述"沉酣六籍，贯串百家。自礼乐名物以至诗赋词章，皆能穷其妙；由阴阳星历以至声音书数，靡不极其精"。所以他想抱经济之奇才，当文明之盛世，幼而学，壮而行，一展自己才华，实现自己宏伟志愿。但是他面前的境况是求取功名富贵与赡养双亲矛盾尖锐。因为他是独子，双亲年迈，取功名就得远离家乡，孝敬双亲就不能离开家园。两相权衡，蔡伯喈所取是"行孝于己，吉报于天"。剧本从一开始给蔡伯喈这个主角人物锁定的基调就是人性的真善美。为了亲情他可以放弃功名富贵，功名富贵一时不取，还有他日，双亲年迈，很容易出现子欲养亲不在的局面。所以蔡伯喈能够顺应天性，承欢膝下，正是高明要歌咏的人性美战胜名缰利锁的表现。

蔡伯喈出场一个重要的交代，就是他刚刚新婚俩月，妻子赵五娘仪容俊雅、德行贤淑，夫妻二人和顺恩爱。蔡伯喈的父母则是"年满八旬"，可喜的是"既寿而康"。所以蔡伯喈夫妇要在春和日丽的美好时光，跟父母欢聚畅饮。这使得蔡父蔡母很是高兴，所以蔡父感慨地对老伴说："这是子孝双亲乐，家和万事成！"

赵五娘是作者倾力塑造的贤妇形象，在第二出《高堂称寿》她所唱【锦堂月】曲"怕难主蘋蘩，不堪侍奉箕帚。惟愿取偕老夫妻，长侍奉暮年姑舅"，已初露端倪。她作为一个儿媳，丈夫外出，她把照料公婆的重任都揽在自己那瘦弱的肩上。正如蔡伯喈走后五娘自叹："奴家自嫁与蔡伯喈，才方两月。指望与他同事双亲，偕老百年。谁知公公严命，强他赴选。自从去后，竟无消息。把公婆抛撒在家，教奴家独自应承。奴家一来要成丈夫之名，二来要尽为妇之道，尽心竭力，朝夕奉养。正是：天涯海角有穷时，只有此情无尽处。"赵五娘答应丈

夫，她要尽职尽责照顾公婆，她说到做到。平常年景她侍奉公婆嘘寒问暖，"堂前问舅姑，怕食缺须进，衣绽须补，要行时须与扶"。偏偏遇上灾荒年，生活拮据，蔡父蔡母两人口角不断，五娘只得劝和："公公婆婆且息怒，听奴家一言分剖：当初公公教孩儿出去时节，不道今日恁的饥荒，婆婆难埋怨公公。今日婆婆见这般饥荒，孩儿又不在眼前，心下焦躁，公公也休怪婆婆埋怨。请自宽心，如今奴家把些钗梳首饰之类，典些粮米，以充公婆一时口食。宁可饿死奴家，决不将公婆落后。"这是怎样孝顺的儿媳！高明这样写五娘毫不夸张，毫不扭捏，原因是他写的是五娘的本色，自然之性。他要歌咏的也是人的善良本性。高明良苦用心收到了预期效果，他笔下的人物故事，的的确确，无一不关乎风化人伦。

当今社会人与人之间的关系，由于金钱至上，权利至上，人们之间多为利益相交，所以相互之间日渐疏离，亲情友情变得淡薄、冷漠、家庭不和、子女忤逆引发的人间悲剧，几乎每天都可闻见。在新闻报道中儿女一朝飞黄腾达，暴发牟利，对父母置之不理者不是一例两例，任由父母风餐露宿，行乞街头的事已屡见不鲜；这的确是现今社会的悲歌。看看几百年前高明《琵琶记》所写的父慈母爱子女恪尽孝道，一些人应该感到脸红羞愧。

三、夫妻恩爱，相互体贴

夫妻婚姻关系是家庭的基础，在家庭中，最重要的关系当然是夫妻关系。我们中国人讲究人伦大礼。在整个人类社会，人们之间的关系，概括起来，基本就是五种，即君臣，父子，夫妻，长幼，朋友。中华民族传统的伦理要求就是，一个人立身处世应该做到君臣有义，父子有亲，夫妻有别，长幼有序，朋友有信。这里面夫妻关系处于当

067

真情持守
凄苦缠绵
《琵琶记》

WEN

HUA

ZHONG

GUO

中，其重要性也是按这个顺序排序，即夫妻关系是除了君臣和父子之外的最重要的关系。我国古代社会对于夫妻之间的道德关系十分注重。《礼记·婚义》曰："婚礼者，将以合二姓之好，上以事宗庙，而下以继后世矣。故君重之。"只有夫妻结合的婚姻才会有家庭后代的延续。在我国传统的夫妻关系中倡导夫妻之间应该互相尊重，同甘共苦，互相体贴，夫荣妻贵，追求"夫妇和顺，相敬如宾"。《琵琶记》里就竭力讴歌了这种传统美德，突出表现在对蔡伯喈和赵五娘的关系描写上。

蔡伯喈跟赵五娘是原配夫妻，古人认为男女一旦结为夫妻，就要白头偕老，未到违反伦理道德的地步，是不可以离婚的。并不是像某些人所认为的那样，男人有绝对自由，对于妻子想不要就不要。在夫权至上的社会，夫为妻纲，离婚的主动权是在丈夫的手中，但是那也要妻子违犯了"七出"之条。所谓"七出"，是指"无子，淫佚，不事舅姑，口多言，盗窃，嫉妒，恶疾"。其中无子是在妻子50岁以后才有效，即过了生育期，而此时男方一般有妾生的子女，休妻很难出现。口多言指拨弄是非，离间亲属。嫉妒实际是指自己不生育又不许丈夫纳妾的那种妒忌。恶疾是指耳聋、眼瞎、腿残疾等疾病。但是与"七出"之条一并规定的还有"三不去"的条款，"三不去"是对"七出"的限制，即："与更三年不去，前贫贱后富贵不去，有所取无所当不去。"意思是说即使妻子犯有七出之条，但是有与丈夫家长辈守孝三年的，娶妻之后富贵兴家的，妻子的娘家无人的，丈夫都不可以休妻。如果丈夫无故休妻，不但无效还会受到刑事处罚。

《琵琶记》中蔡伯喈在京城考取状元又娶了牛丞相之女牛小姐，所以有人就斥责蔡伯喈是一个贪图富贵无情无义的负心汉。这不过是只看到表面现象。实际上《琵琶记》所写完全在于彰扬蔡伯喈家庭和美、夫妻恩爱。

首先赵五娘是蔡伯喈的正室、原配、明媒正娶的妻子。赵五娘没

有犯下"七出"之条，蔡伯喈不能休妻，他也根本没有休妻——按现在话说，就是他没有喜新厌旧，离婚再娶。而且赵五娘本身的作为已经在"三不去"的条例保护范围。如果《琵琶记》真的写蔡伯喈负心，抛弃妻子，那就恰恰是违背了伦理道德，那样，剧作的旨意将会完全改变。正因为高明立意在于彰显主人公遵守道德规范，树立样板，所以剧中所写蔡伯喈和赵五娘是一对恩爱夫妻。他们的恩爱表现有如下几个方面：互相尊重、互相思念、彼此欣赏、彼此谅解、彼此感恩。

剧中蔡伯喈一开始就表白说："自家新娶妻房……赵氏五娘。仪容俊雅，也休夸桃李之姿；德性幽闲，尽可寄蘋蘩之托。"也就是说他对妻子相当满意，很是欣赏。他不仅对妻子貌美赞赏，更赞赏妻子的德性，所以他才很满足地自诩"夫妻和顺"。而作为妻子的赵五娘，同样是表示"辐辏，获配鸾俦。深惭燕尔，持杯自觉娇羞。怕难主蘋蘩，不堪侍奉箕帚。惟愿取偕老夫妻，长侍奉暮年姑舅"。表明五娘对丈夫也是满心喜爱，愿与丈夫百年好合偕老为伴。

后来家庭生活发生变故，蔡伯喈离家赶考，当两人分别时，彼此频频嘱咐，无限深情，实在是难离难舍。五娘情意深长地说："官人，你襦衣才换青，快着归鞭，早办回程。十里红楼休恋着娉婷。叮咛，不念我芙蓉帐冷，也思亲桑榆暮景。咳，我频嘱咐，知他记否，空自语惺惺。"蔡伯喈则道："娘子，你宽心须待等。我肯恋花柳，甘为萍梗？只怕万里关山，那更音信难凭。须听，我没奈何分情破爱，谁下得亏心短行？从今后，相思两处，一样泪盈盈。"两人正是"万里关山万里愁，一般心事一般忧"，夫妻双双已经心心相印恩爱难分，即便是他们天南海北，可知两人的心是紧紧相连的。

再后来不想蔡伯喈一走经年，赵五娘勇挑家庭重担，含辛茹苦，她不免对丈夫蔡伯喈的不归有许多埋怨。需知埋怨也是爱的表现，她心里念念不忘，期盼，想往，所以才会说：

明明匣中镜，盈盈晓来妆。忆昔事君子，鸡鸣下君床。临镜理笄总，随君问高堂。一旦远别离，镜匣掩青光。流尘暗绮疏，青苔生洞房。零落金钗钿，惨淡罗衣裳。伤哉憔悴容，无复蕙兰芳。有怀凄以楚，有路阻且长。妾身岂叹此，所忧在姑嫜。念彼猿猱远，眷此桑榆光。愿言尽妇道，游子不可忘。勿弹绿绮琴，弦绝令人伤。勿听白头吟，哀音断人肠。人事多错迕，羞彼双鸳鸯。

五娘临镜梳妆发出的感叹，抒发了她对丈夫的无尽思念，这里既有对往日短暂美好生活的回忆，又有对丈夫离去之后自己孤寂生活的泣诉，更有对丈夫在外的惦念担忧以及对夫妻再会的向往。"正是天涯海角有穷时，只有此情无尽处。"

是不是只有五娘对丈夫的相思，蔡伯喈果真无情无义？不是的。请看官媒议婚之时，蔡伯喈面对牛太师派来的媒人明确表白："闲茝，闲藤野蔓休缠也，俺自有正兔丝和那的亲瓜葛。是谁人，无端调引，谩劳饶舌。"这里蔡伯喈竟然把相府小姐的议婚说成是闲藤野蔓纠缠，足可见五娘在他心中的地位自不可动摇。媒人受太师之命，岂肯罢休，一再劝说，并称赞牛小姐不已。蔡伯喈则说："非别，千里关山，一家骨肉，教我怎生抛撇？妻室青春，那更亲鬓垂雪。"媒人还是劝说，蔡伯喈态度很坚决，正告媒人："差迭，须知少年自有人爱了，谩劳你嫦娥提挈。"最后对媒人说："满皇都，豪家无数，岂必卑末？"就是说京城有的是豪门子弟，你家小姐何必非要找我一个有家室的人呢？对于相府小姐，蔡伯喈根本没有看在眼里，他说："纵然有花容月貌，怎如我自家骨血。"这些表白可以说全是蔡伯喈的肺腑之言，他对妻子的忠诚无可怀疑。直到皇帝下诏命他与牛氏完婚，由于"君命不可违"，蔡伯喈万分无奈，此时他只有哀叹：

我亲衰老，妻幼娇，万里关山音信杳。他那里举目凄凄，俺

这里回首迢迢。他那里望得眼穿儿不到，俺这里哭得泪干亲难保。闪杀人一封丹凤诏。

这怀怎剖？望丹墀天高听高。这苦怎逃？望白云山遥路遥。

蔡伯喈把皇帝赐婚看成是"苦事"，不是喜事，他要逃无处逃，心里无限悲哀，说明他对妻子无限深情。当他不得不跟牛小姐成亲，蔡伯喈更是感叹："谩说道姻缘事，果谐凤卜。细思之此事，岂吾意欲？有人在高堂孤独。可惜新人笑语喧，不知我旧人哭。兀的东床，难教我坦腹。"成亲之后蔡伯喈也是心怀郁闷难忘五娘，那种情感在《琴诉荷池》一出蔡伯喈使用"新弦"、"旧弦"双关语充分展现。在《官邸忧思》一出更是写出蔡伯喈思念五娘的满怀愁绪：

几回梦里，忽闻鸡唱。忙惊觉错呼旧妇，同问寝堂上。待朦胧觉来，依然新人鸳帏凤衾和象床。怎不怨香愁玉无心绪？更思想被他拦挡。教我，怎不悲伤？俺这里欢娱夜宿芙蓉帐，他那里寂寞偏嫌更漏长。

当牛小姐知道蔡伯喈原有妻子时，便加以试探，问蔡伯喈："你这般富贵，腰金衣紫，假有糟糠之妇，褴褛丑恶，可不辱没了你，你莫不也索休了。"蔡伯喈当即回答："夫人，你说哪里话！纵是辱没杀我，终是我的妻房，义不可绝。"他并且说："古人云，弃妻止有七出之条。他不嫉不淫与不盗，终无去条。那弃妻的众所诮；那不弃妻的人所褒。纵然他丑貌，怎肯相休弃了！"

当今人们都知道婚姻必须以爱情为前提，家庭必须以爱情为基础，而家庭和谐、夫妻和谐必须要能互相包容和迁就。唯此爱情婚姻家庭才能持久稳固。在古代当一个妻子不容易，要做一个贤妻更不易。根据传统伦理的要求，成为一个贤妻既要漂亮温柔，知书达理，顺从丈夫，还要孝敬公婆。而孝敬公婆几乎为第一准则。这个婆媳关系直到现在都是很让国人头疼的问题，能够侍奉好公婆的女人实在是太少，

赵五娘能够顺从公婆的心意并且能坚持到公婆离世，这是极不容易办到的事，但是她办到了。正因为赵五娘是一个贤妻，所以她赢得了丈夫的敬爱，并且赢得了社会的敬爱。

至于蔡伯喈与牛小姐的夫妻关系，剧中同样是赞美有加。尽管一开始蔡伯喈不愿娶牛小姐，但是一旦牛小姐成为了他的夫人，蔡伯喈就对牛小姐承担起丈夫的责任。牛小姐更是热爱丈夫蔡伯喈，处处为丈夫着想。她的宽容、体贴、贤达，是蔡伯喈家庭和睦的一个重要保障。

四、坚守贞操，情爱专一

贞操是社会伦理道德的产物，也是中华民族历来肯定标榜的一种"传统美德"。它的内容主要是指女人遵守妇道所表现出来的贞操、贞洁、贞节、贞烈。千百年来人们一直对这种"传统美德"歌颂不已，自然《琵琶记》欲正风化，也就必然要歌颂这种妇德。剧中两个主要角色赵五娘和牛小姐都在为人们树立妇德的典范。

赵五娘在丈夫离家之后承担起照顾家庭侍奉公婆的重任自不必说，这是一种中华妇女的传统美德在她身上的体现。而在五娘公婆重病垂危以至病故临终，了解情况的邻居张太公很是感伤，说道："岁欠无夫婿，家贫丧老亲，可怜贞洁女，日夜受艰辛！"五娘公公蔡员外则对张太公说："我不济事了，毕竟是个死。你今来得恰好，我凭你为证，写下遗嘱与媳妇收执。待

我死后，教他休要守孝，早早改嫁便了。"这也是公公为五娘后半生着想。但是五娘听后却坚决表示："公公，你休那般说。自古道，忠臣不事二君，烈女不更二夫。"她坚决阻拦公公写下什么任她改嫁的遗嘱。蔡员外非要写，赵五娘再次表白："公公，奴家生是蔡郎妻，千万休写，枉自劳神！"她唱道：

> 公公严命，非奴敢违。若是教我嫁人呵，那些个不更二夫，却不误奴一世。公公，我一马一鞍，誓无他志。可怜家破与人离，怎不教人泪垂。

赵五娘说到做到，公婆死后她披麻戴孝料理后事祝发安葬，然后描绘了公婆的画像，一路弹唱琵琶，乞讨着上京寻夫去了。这些描写说明五娘对丈夫蔡伯喈忠心耿耿。在丈夫离家的日子，她一心一意侍奉公婆，心中还惦念着丈夫。当公婆双双去世，公公让她不要守孝，改嫁他人，她却坚决表示一女不嫁二男，充分表现了她坚守贞操、情爱专一的美好品德。

至于牛小姐，实际是蔡伯喈的二房，按照过去的称谓，就是一个小妾。但是由于其身份地位"高贵"，由于是"奉旨成婚"，所以她跟一般的小妾又有不同。当她得知丈夫原有妻子后，她对蔡伯喈甚是谅解，体谅蔡伯喈是事急相随无奈成亲，但是自己既然已嫁伯喈，成为伯喈之妻，就应该"夫唱妇随，嫁鸡逐鸡飞"，应该是用情专一。她说："婚姻事难论高低，若论高低何似休嫁与。假饶亲贱孩儿贵，终不然便抛弃。"她父亲牛丞相却瞧不起蔡家贫贱，还说，他女儿身价高贵，蔡伯喈家有媳妇，不用女儿跟蔡伯喈回家乡陪伴蔡伯喈父母。牛小姐毅然反对，说："奴须是他亲生儿子亲媳妇，难道他是谁人我是谁。爹居相位，怎说着伤风败俗非理的言语。"当赵五娘寻夫到京，因缘巧合，牛小姐得知后，"宽容大度"把赵五娘接到家中，以"姐姐"相称，真心相待，甘心伏小。牛小姐一心专爱蔡伯喈，也甚是难得。

鲁迅（1881～1936）

贞操权作为公民的一种人身权、人格权，当今已受到不少国家的立法保护。遗憾的是我们民族历来非常重视的贞操、贞洁，却在当今被很多人嗤之以鼻。甚至有人公然发表文章说：当今所谓对"贞节"进行新的解释，所谓保留其中合理成分，所谓"与时俱进"地进行改造和发展等等，其实是不了解这些所谓"传统文化"并不是中华民族优秀传统文化的组成部分，而是非文明、反价值、反人性、反智慧的集权专制遗风，是拿着腐朽没落当先进文化，拿着锁链桎梏当精神文明，拿着倒行逆施当与时俱进，这实在是民族的悲哀。这些人还引用鲁迅《我之节烈观》中对"吃人"的道德所进行的激烈批判之词："我依据以上的事实和理由，要断定节烈这事是：极难，极苦，不愿身受，然而不利自他，无益社会国家，于人生将来又毫无意义的行为，现在已经失了存在的生命和价值。"他们说鲁迅这些话已经过去大半个世纪，今天依然振聋发聩，说明人们的观念和心态并没有发生本来应有的、更加彻底和实质的改变。

我们说中国古代社会，贞节观念和与之相应的行为，从先秦开始一直延续了两千多年。这种贞节观要求女子不失身、不改嫁，从一而终。这固然是男权社会用以剥夺女性爱情、婚姻权利的观念，但是它也确实是维护中国传统家庭稳定的一个重要因素，是妇女的一种美德。直到当今对中国农村妇女的一项调查，发现在农村传统的贞操观念一直盛行，对于"女子贞操比生命还重要"这一价值观让被调查者评价时，选择"同意"的农村妇女竟然占到72.37%的高比例。

所以当代人尤其年轻一代观看《琵琶记》，很可能会有两种截然相反的评论：一种是称赞五娘的贞洁，称赞牛小姐的专一；另一种评论，可能就对五娘的坚守贞操不以为然，以为她太傻，太愚昧，不值得为蔡伯喈"委屈自己"。尽管人们可能会有不同认识，但是赵五娘和牛小姐对自己心爱的人钟情专一应该都是不容否定的。

五、朋友之道，义气为先

古语说："一贫一富，乃知交态。一贵一贱，交情乃见。"友情之间亦有道德品尚高低之分，更有道义尺度不同的衡量。道德是调整人和人之间、人和社会之间的关系的行为规范的总和，它表现为人的理想、信念、情操、风尚等。道义是做人的约束，规范，规矩。道义本身就是用来维系和调整人与人关系的准则。

当今某些人，他们似乎对道德传统毫无顾忌，毫不在乎。他们已经将道义置之度外。他们想的就是如何利己，如何敛财。在他们与人的交往中，物质的欲望淹没了一切，道义仿佛已经显得毫无光彩。但是在公开场合，大至团体小至个人，无论如何，也没有哪一个敢公然说不讲道义，敢把自己一副自私自利的流氓无赖嘴脸公之于众。无论怎样，很多人都要打着道义的幌子来做无耻的行径，因为不讲道义之人，在人们心中永远都是可恶、可悲、可耻的。广大的中国人崇尚的依然是肩担道义、急公好义、义不容辞、舍生取义和人性"向善"。这种传统在当今依然被广大民众所公认，所尊崇。

在人们的交往中，遵守道义就是要求彼此遵守诺言、履行盟约，就是相互要有一种强烈的责任感，要有一种对他人负责的高尚境界，就是要求把对他人以至于对家庭和社会的责任放在首位，宁愿自己吃亏受苦，也不损害他人殃及无辜。所以古来人们交往就崇尚"一诺千

WEN

HUA

ZHONG

GUO

金"，就能够做到怜贫惜穷慷慨解囊，路见不平拔刀相助，为了道义，赴汤蹈火在所不辞。

高明《琵琶记》为纠世风，正世俗，对道义大加宣扬，并塑造了一个极有道义的人物形象，那就是张广才张太公。这个人物出场不多，却代表了高明对人性至善尽力歌咏的一个重要方面，他既是蔡家的邻居又是蔡家的朋友，同时又是蔡伯喈赵五娘和牛小姐整个爱情故事的见证人。

张太公出场便道："相邻并相依倚，往常间有事，来相报知。"他听说科考试期临近，便特意过来问候："秀才，试期逼矣，早办行装前途去！"当他得知蔡伯喈无意去赶考，就劝说道："呀，秀才，子虽念亲老孤单，亲须望孩儿荣贵。你趁此青春，不去更待何日？"他不仅劝说蔡伯喈还劝说蔡父蔡母"不可不作成秀才去走一遭"。当蔡伯喈被说动心要去赶考又顾虑爹娘年老无人看管时，张太公则慷慨许诺，说："秀才不必多虑。自古道千钱买邻，八百买舍。老汉既忝在邻居，你但教放心前去。若是宅上有些小欠缺，老汉自当应承。"张太公之所以承应照顾蔡家，虽然是邻居情谊，但是更重要的是他看重蔡伯喈的才干，希望蔡伯喈能够发挥所长。他有一支曲子唱道："托在邻家相依倚，自当效些区区。秀才，你为甚十年窗下无人问，只图个一举成名天下知。你若不锦衣归故里，谁知你读万卷书！"张太公是出于道义怜惜人才，不是说张太公也是一个科举迷，中毒者，我们说张太公实际是急公好义。

更难得的是张太公说话算话，当蔡伯喈离家不回，蔡家遇到生活困难时，张太公真的就能够解囊相助。那是一个饥荒年，官府放粮救济灾民。可是赵五娘所领救命粮在回家途中却被歹毒的里正抢走，急得赵五娘要投井寻死。蔡父闻知也痛不欲生。此时张太公请粮回来，看见五娘和蔡父，就询问他们为何悲伤。于是五娘向太公哭诉了她的

遭遇。张太公听说俩人要寻死觅活就对五娘说："五娘子，你差了。老夫方才也请得些官粮，正要将来分送你公公。你怎的不来与我商量，却自家出去，被那狂徒欺侮。"说着他就要追赶那个里正。蔡父反而劝解张太公不要和那小人一般见识。但是没粮怎样过活？这时张太公大方地说："员外，你且不须忧虑，我也请得些官粮，和你两下分一半。"赵五娘不忍接受，张太公说："五娘子，你伯喈当初出去，把爹娘嘱咐与老夫。今日是荒年饥岁，亏杀你独自支持。终不然我自温饱，教你忍饥受饿。古语云：济人须济急时无。你胡乱将这些救济公姑则个。"张太公深知一诺千钧重，为人处世必当遵守信义。所以尽管他领的救济粮也不多，但是邻家有难，他心甘情愿分一半出去，不然他自己也于心不安。

更有甚者，张太公不仅在灾荒年为邻居救急，而且蔡家有事他必然到场帮忙。当他得知蔡公蔡婆生病后，就到蔡家探望。当蔡婆病故，赵五娘为衣衾棺椁发愁无着落时，张太公安慰说："五娘子，不要愁烦，我自有区处。"他一力承揽了为蔡婆送葬之事，为此蔡公甚是感激。生老病死是人生大事，在此关键时刻能够伸手相助，那确实是肩担道义人格高尚。

岂料蔡婆死后蔡公又病危，他在弥留之际，遗嘱张太公："张太公，我要你为证，留下这条拄杖，待我那不孝子回来，把他与我打将出去。"蔡伯喈考中状元滞留京城，一直没有回家。家乡灾荒，度日艰难，蔡伯喈曾经托人带信携资回家，不过阴错阳差，蔡家没有见到儿子所托之人以及儿子要人捎带

077

真情持守
凄苦缠绵
《琵琶记》

WEN

HUA

ZHONG

GUO

的银两，所以蔡父临终深恨儿子不孝，他要老友张太公替他教训儿子。邻居相处能够到这等亲如兄弟的地步，那是很不容易的啊！

蔡公死后无以为葬，赵五娘剪发卖钱要为公公下葬。这时张太公闻知深深自责，他对卖发跌倒在大街上的赵五娘说："你丈夫曾付托，我怎生违背。你无钱使用，我须当贷。你将头发剪下，又跌倒在长街，都缘我之罪！"他把五娘劝回家，还叫人给五娘送些布帛米谷使用。再次表现了张太公践行诺言以道义为重。

赵五娘的公婆相继去世，五娘要只身上京寻夫，拜托张太公照顾公婆坟茔。张太公又慨然应诺，道："五娘子，我承委托，当领略。这孤坟我自看守，决不爽约。但愿你途中身安乐。"他谆谆嘱咐五娘："蔡郎原是读书人，一举成名天下闻。久留不知因个甚，年荒亲死不回门。你去京城须仔细，逢人下气问虚真。——若得蔡郎思故旧，可怜张老一亲邻。我今年已七十岁，比你公公少一旬。"那种亲切关怀直如自己家人。所以五娘感动至极，说："谢得公公训诲，奴家铭心镂骨，不敢有忘。"

最后当蔡伯喈带着五娘和牛小姐一起回家守墓，牛丞相得知张太公照顾蔡家事迹说："俺朝廷里也闻他仗义高名。"随即拿出黄金一笏相赠。蔡伯喈也劝张太公接受，张太公却不肯受，说："救灾恤邻，万古之道，又况你二亲不保，实有愧颜。何敢受令岳之赐。"蔡伯喈一再劝说，张太公执意不接。牛丞相最后说："贤婿，张公高义的人，不可再强。"从始至终张太公身上都闪耀着道义为上的光辉，展现着他的古道热肠和人性的真诚至美。

第五章

鞭挞黑暗，怒斥腐朽

079

真情持守

凄苦缠绵
《琵琶记》

WEN

HUA

ZHONG

GUO

一、痛斥功名利禄害煞人

《琵琶记》尽管为纠正世风从正面歌咏了剧中人物的人性美，赞扬了剧中人的高尚品德，但是通观全剧展示的却是"全忠全孝"的蔡伯喈和"有贞有烈"的赵五娘的悲剧命运。而《琵琶记》所显示的悲剧意蕴，在封建社会则具有普遍意义，剧本的笔触直指造成人物悲剧命运的根源——社会机制的腐朽和统治制度的黑暗。人，生活在那样的时代，那样的社会里，是没有自由可言的。该剧比以往同类题材的戏曲故事单纯谴责负心汉，更具深刻的社会价值。《琵琶记》的悲剧冲突，一个接一个，层层深入，跌宕起伏，从蔡父"逼试"、伯喈"辞试"、蔡父"不从"，到牛相"逼婚"、伯喈"辞婚"、牛相"不从"，再到皇帝"逼为官"、伯喈"辞官"、皇帝"不从"，构成了"三逼"、

"三辞"、"三不从"的矛盾冲突,正是这种冲突的展现过程,引导剧情一步步深入发展,在此过程中,作者有意无意鞭挞了当时社会的黑暗,怒斥了官场的腐朽堕落。

蔡伯喈是作者要歌颂的主人公。剧中称誉他能够尽忠尽孝,甚至说他"全忠全孝"。为塑造蔡伯喈忠孝形象,作者确实煞费苦心,因为之前的《赵贞女》、《蔡中郎》已经把蔡伯喈塑造成为一个典型的负心汉,高明要为蔡伯喈翻案,谈何容易。所以作者刻意设计了"三逼"、"三辞"、"三不从"的故事情节。

在《琵琶记》剧中,张太公曾评论蔡伯喈,说他犯下了对父母"生不能养、死不能葬、葬不能祭"的"三不孝"逆天大罪,但是高明却巧妙地把蔡伯喈的"三不孝"原因表现出来,为蔡伯喈开脱了罪名,把斥责的矛头指向了当时的社会和统治者。那就是剧中浓墨重彩所描写的"三不从"。即相府差人李旺对张太公所言:"公公,你休错埋冤了人。他要辞官,官里不从;他要辞婚,我太师不从。他只是没奈何了。"经过李旺一解释,张太公才恍然大悟,说:"恁的啊。元来他也是无奈,好似鬼使神差。他当年在家不肯赴选,他的爹爹不从。他这是三不从把他厮禁害。三不孝亦非其罪。"《成裕堂绘像第七才子书琵琶记》卷一的《前贤评语》中选录了徐渭的评语:"《琵琶》一书,纯是写怨。蔡母怨蔡公,蔡公怨儿子,赵氏怨夫婿,牛氏怨严亲,伯喈怨试、怨婚、怨及第,殆极乎怨之致矣。诗可以兴,可以观,可以群,可以怨,《琵琶》有焉!"这一个"怨"字确实是点睛之笔。戏台上的主要人物都是好人,没有一个坏人恶人,可人人全是怨气冲天,这是为什么呢?就在于剧中人所处的那个时代和社会制度有问题、不合理。所有这些"怨"归结到一点,就是蔡伯喈的应试和为官,再婚。封建专制制度在扼杀人性,扼杀自由,人,不能按照自己的意愿生活,不能有自己的意志,都必须以王命是听。这样,人能不怨吗?

为人应该有志，也应该不甘沉沦。水往低处流，人往高处走，所以《琵琶记》歌咏蔡伯喈立志进取成名。这也是古往今来青年人都应该具备的志向。但是事情往往可以从不同角度来看，或者说人对同一事物观点不同自会有不同的看法。就以蔡伯喈应试赶考一事来说，蔡父是竭力撺掇，甚至是怒斥，"逼迫"儿子去应试，邻居张太公也竭力劝导读书人就得走功名之路，不然何苦十年寒窗苦读。但是蔡母观点不同，她希望过的是平常一家人团团圆圆的平静日子。她埋怨丈夫功利心切，放着平安日子不好好过。她说：

> 娘年老，八十余，眼儿昏又聋着两耳，又没个七男八婿，只有一个孩儿，要他供甘旨。方才得六十日夫妻，老贼强逼他争名夺利，天哪，细思之，怎不教老娘恼气！

蔡伯喈本意也想在家奉养父母，不去应试，无奈爹爹紧逼，甚至对张太公说蔡伯喈是"恋着被窝中恩爱，舍不得离海角天涯"。蔡婆婆即对张太公说："太公，他意儿只要供甘旨，又何曾贪欢恋妻，自古道曾参纯孝，何曾去应举及第。功名富贵天付与，天若与不求而至。"

蔡婆婆说的自有她的一番道理，俗话说，人各有志不能相强。到底追求功名利禄是对是错，应该说各人有各人的见解。要在看事情的结果有无弊端。《琵琶记》中正因为蔡伯喈去应举得中状元，发生了一连串意想不到的事情，弄得他不得回归家乡，以至父母双亡他也未归，所以在蔡父那里落下一个"不孝"的声名。如果他不去应试在家侍奉父母，就不会发生以后的事情。剧作尽管意在说明蔡伯喈本心不是不孝，但是客观却告诉人们正是因为蔡伯喈追求功名利禄，入得封建统治者所设置的"彀中"不得脱身，不得不受制于那个社会的专制制度，不得不遵从那个制度下的法纪——圣命不可违，这才使得蔡家的悲剧发生。这在《书馆悲逢》一出中，蔡伯喈所唱的两支【解三酲】曲也有表明：

081

真情持守
凄苦缠绵
《琵琶记》

WEN

HUA

ZHONG

GUO

叹双亲把儿指望，教儿读古圣文章。似我会读书的，倒把亲撇漾。少什么不识字的，到得终奉养。书呵，我只为其中自有黄金屋，反教我撇却椿庭萱草堂。还思想，毕竟是文章误我，我误爹娘。

比似我做个负义亏心台馆客，倒不如守义终身田舍郎。《白头吟》记得不曾忘，绿鬓妇何故在他方？书呵，我只为其中有女颜如玉，反教我撇却糟糠妻下堂。还思想，毕竟是文章误我，我误妻房。

不管高明创作的主观愿望如何，从剧本所表现的内容来看，对科举、对丞相，甚至对皇帝的"怨"，在剧中的描写确实是相当突出的。集中一点就是对封建专制功名利禄害煞人有充分的揭示。所以陈继儒评点《琵琶记》，在总评中引述汤显祖的话："从头到尾，无一句快活话。读一篇《琵琶记》，胜读一部《离骚经》。"李贽评《琵琶记》也说："吾尝揽《琵琶》而弹之矣！一弹而叹，再弹而怨，三弹而向之怨叹无复存者。"

当代人读《琵琶记》更是从现今理念出发，认为元末明初时期，人们的价值观以儒家思想的功名与道德观为主导，社会伦理道德是建立在忠和孝为核心的基础之上。《琵琶记》中，通过对蔡伯喈被"逼试"、"逼官"、"逼婚"不幸遭遇的描写，反映了元末明初劳动人民对当时黑暗社会的强烈不满，揭露了封建礼教的残酷、丑恶、虚伪，激发了观众的体验与感悟，让人们对传统价值观产生了怀疑，对人生价值有了深刻反思。

二、讥讽官吏贪污、肆无忌惮

《琵琶记》不是政治剧，也不以揭露社会弊病为主旨，但是在作者

如实描绘剧中人所生活的环境时，却有意无意表露出对当时社会肆无忌惮的贪官污吏恶行的反感和讥讽。

跟蔡伯喈一起赶考的几个秀才虽然是配角，意在插科打诨，但是他们一个是"一字不识"，一个是"不会写字"，一个是听天由命，他们擅长的是吹牛自夸胡说八道。论才学他们自述："天地玄黄，略记得三两行。才学无些子，只是赌命强。"封建科举的科考场面本应该极其严肃郑重，可是剧中描写考官考试时却胡乱出题，把朝廷选拔人才的隆重科举写得犹如一场儿戏：对对子、猜谜语、唱曲儿，乌烟瘴气。那试官还恬不知耻地说什么："你每众秀才听着：朝廷制度，开科取士，须有定期。立意命题，任从时好。下官是个风流试官，不比往年的试官。往年第一场考文，第二场考论，第三场考策。我今年第一场做对，第二场猜谜，第三场唱曲。若是做得对好，猜得谜着，唱得曲好，就取他头名状元。"而参加考试中选的人竟然自己坦白说："呀，我前日三场，也都是别人的文章，尚自中了。"他继而说道："赴选何曾入棘闱，此身未拟着荷衣。三场尽是倩人做，一字全然匪我为。自笑持杯饕恋酒，却愁把笔怎题诗。有人问我求佳作，问我先生便得知。"这就成为对科考最深刻的讥讽。考试者竟然可以抄袭他人文字，竟然可以雇佣枪手代做文章，而这样一字不识的考生竟然还能考中！可知这样的人一旦为官会是怎样的官吏。这在剧中虽是游戏笔墨，意在逗笑取乐，活跃气氛，可是对官场腐败的无情嘲讽也尽在其中了。

再看剧中所写的基层官员里正："身充里正实难当，杂泛差徭日夜忙。官司点义仓，并无些子粮。拼一顿拖翻大棒。"他说这话的意思是"我做都官管百姓，另是一般行径"，他打扮穿着破衣破帽破衣裳，到官府百般下情。也就是在上级官吏面前他低声下气装孙子，装穷苦，而"下乡村十分豪兴。讨官粮大大做个官升，卖私盐轻轻弄条乔秤。点催首放富差贫，保解户欺软怕硬。猛拼打强放泼，毕竟是个毕竟"。

他弄虚作假欺压百姓贪污钱粮，谀富压贫欺软怕硬。当灾荒年官家要他开义仓赈济灾民放粮之时，他才说："苦往常间把义仓谷子偷将家去，养老婆孩儿了，今日上司点义仓放谷，赈济贫民，仓中没有一些，哪里讨还他。"于是他找社长商议对策。社长是什么人？社长自己说："身充社长管官仓，老小一家都在仓里养！"他为民间百姓办事是两边收礼，真是吃了原告吃被告，黑到家了。最不能容忍的是里正把义仓的粮谷都贪污了，在放粮时迫于上命，他不得不赔付。他自己招供说："因为官粮久亏，说到义仓情弊，中间无甚跷蹊：稻熟排门收敛，敛了各自将归，并无仓廪盛贮。那有账目收支？纵然有得些小，胡乱寄在民居。官司差人点视，便籴些谷支持。上下得钱便罢，不问仓实仓虚。假饶清官廉吏，被我影射片时，东家借得十扛，西家借得五箕，但见仓中有谷，其间就里怎知。年年把当常事，番番一似耍嬉。不道今年荒寒旱，不道今年民饥。不因分俵赈济，如何会泄天机……"他们上下其手舞私弄弊，年年月月，把国家官仓储粮当做儿戏。假公济私的丑行暴露，里正不得不自食其果。可是孤苦的赵五娘领到的一点救命粮，竟然还被他狠心抢走。《琵琶记》由此描绘了"饥人满道、官吏鱼肉乡里"的恶劣环境。

第二十出《勉食姑嫜》借赵五娘所见，揭露当时社会灾荒年景民不聊生的境况：

> 旷野萧疏绝烟火，日色惨淡黯村坞。死别空原妇泣夫，生离他处儿牵母。睹此恓惶实可怜，思量转觉此身难。高堂父母老难保，上国儿郎去不还。力尽计穷泪亦竭，看看气尽知何日。高冈黄土谩成堆，谁把一抔掩奴骨？

里正、社长，是封建社会最基层的官吏，他们都敢公然贪污受贿、明抢暗夺，可知上行下效，上梁不正下梁歪，更高一级的官吏会是怎样的贪暴。作者如此描写，一是真实反映了当时民不聊生的情状，二

是讥讽当时官场一片黑暗，从而深深表达了作者对世风低下、官场腐朽的不满情绪，也表现了作者对处于天灾人祸下生活极其艰难的平民百姓的深深同情。

三、叹惋世风恶劣，令人心寒

《琵琶记》是一部爱情剧，也是一部家庭剧，其意旨在于"正风化"，所以剧中对当时社会的民风世俗多有描绘，表现了作者对世风低下，民俗恶劣极为不满的情绪。那时候男婚女嫁讲究的是"父母之命，媒妁之言"，青年男女不能自相来往，不能自由谈情说爱，所以长久以来媒婆是一种很兴旺的职业。说实在的，媒婆本应该是一种很高尚的职业，是在为人们做好事、做善事，媒婆本人也应该是一种道德高尚之人，应该受到社会的尊敬和人们的喜爱，特别是青年男女。可是实际上中国古代的媒婆却是一种卑贱的职业。媒婆是一类被社会讨厌的人。舞台上的媒婆一个个都是丑角扮演的，这因为长久以来媒婆中的不少人，不是把这种职业当做为人做美，做善，不是积德行善，反而一味地唯利是图，保媒拉纤，目的单一，就是为了从中渔利。既然目的只是为赚钱，于是她们信口开河，满嘴谎言，骗了东家骗西家，只要钱到手，管他男女两家欢悦不欢悦，满意不满意。于是久而久之，媒婆和骗子也就同列。这也是古代世风败坏的一种重要表现。所以《琵琶记》对媒婆的丑行做了无情的揭露和嘲讽。

第六出一个媒婆出场自述即道："我做媒婆甚妖娆，谈笑。说开说合口如刀，波俏。合婚问卜若都好，有钞。只怕假做庚帖被人告，吃拷。"这个媒婆还没说完就又来一个媒婆，两个媒婆竟然争吵起来，当她们得知牛丞相嫁女一定要嫁状元郎时，竟然都立即编排说她们各自所说的男方，算命的都说今年一定能够当上状元，真是顺口胡诌张口

085

真情持守
凄苦缠绵
《琵琶记》

WEN

HUA

ZHONG

GUO

就来。媒婆满嘴跑火车，所以她们只能令人生厌。

第十二出《奉旨招婿》一媒婆自述："我做聪俊的媒婆，两脚疾走如梭。生得不矮又不矬，人人都来请我。我只要金多银多，绫罗段匹多，方肯做。"这就把媒婆一副爱财嘴脸活脱脱勾画出来。第十四出《激怒当朝》写媒婆趋炎附势奉牛丞相命去给蔡伯喈提亲，遭到蔡伯喈拒绝后，媒婆即在牛太师那里搬弄是非，编造谎言，说蔡伯喈的坏话。她无中生有说蔡伯喈"骂相公，骂小姐"，说什么"小姐脚长尺二"。媒婆的行径令跟她一起去说煤的相府的家仆都看不过去，斥责媒婆说："这般说谎，没巴骨!"意思是说媒婆说话太离谱了，简直是胡编乱造。

社会风气不正，拐儿骗子就会风行。他们跟媒婆不同的是公然拐骗他人钱财，赤裸裸，不知羞耻为何物。《琵琶记》揭露这些人恬不知耻的行径真是令人心寒。

第二十六出《拐儿绐误》有拐儿自述说："几年间，为拐儿，脱空说谎为最。遮莫你是怎生俏的，也落在我圈套。"他说，"自家脱空为活计，掏摸作生涯，剑舌枪唇伶俐的，也引教他懵懂；虚脾甜口悭吝的，也哄教他妆风。"他自述"乡贯何曾有定居，姓名谁人知真实，妆成圈套，见了的便自入来；做就机关，入着的怎生出去。骗了钟馗手里宝剑，拐了洞宾瓢里仙丹。果然来无迹，去无踪。对面骗人如撮弄。纵使和你行，和你坐，当场赚你怎埋怨。拐儿阵里先锋，哄局门中大将。何用剜墙挖壁，强如黑夜偷儿，不索挟斧持刀，真个白昼窃贼。正是天不生无禄之人，地不长无根之草"这个拐儿打听到蔡伯喈要往家中稍书，竟然冒充是蔡伯喈家乡的人骗取蔡伯喈钱财，他因为得知蔡伯喈是陈留人，他熟知陈留地理，就冒充"老乡"，并以蔡伯喈父母名义写了一封假的家书，交给蔡伯喈。蔡伯喈竟因思家心切，不辨真假，把拐儿当成了老乡，茶饭招待，竟让那拐儿替他稍书，还赠予那拐儿银两。这种人的良心真是被狗吃了，他们一点人心都没有，

就知道骗人钱财。遗憾的是这种人至今并没有消踪灭迹，当今社会拐儿骗子依然存在，善良的人们不得不对这些人严加提防。

《琵琶记》揭露社会世风低下是多方面的，有些人很难说他们是坏人，但是却也不是什么品格高尚的人。对于这种装疯卖傻贪小便宜的庸俗小人，《琵琶记》也在可能的范围内进行了针砭。比如第三十四出《寺中遗像》就写了两个"疯子"，他们一个说："胡厮咬两乔才。家中无宿火，有甚强追陪？"另一个则说："我自来装疯子，如今难悔。"他俩借寺庙佛会想蹭吃蹭喝，结果骗取赵五娘为他们弹唱取乐。他们表面大方，实际是说大话使小钱，根毛不拔。这种人虽然还没有发展到拐儿骗子的可恨地步，但是他们的行径也足以使人感到恶心，令人厌恶。

以上这些人物不是《琵琶记》剧中的主要角色，不过是作者顺手拈来，把生存在当时社会底层的小人物，他们的龌龊、无耻，甚至卑鄙勾当揭示出来，加以嘲讽，以警醒人们，从而改善世风。这也是作者良苦用心的一种表现。

四、悲悼权势压人，酿造悲剧

《琵琶记》出场人物中权势最高的就是牛太师，牛丞相了。在剧中作者基本还是以一个正面形象来塑造他。他疼爱女儿，关心女儿，事事处处为女儿着想，基本是一个慈父的形象。而且他还能接受女儿和家人的批评，正确处理翁婿关系，善待蔡伯喈的原配妻子赵五娘，最后还为蔡伯喈请得"一门旌奖"的圣旨。但是就是

087

真情持守

凄苦缠绵
《琵琶记》

WEN

HUA

ZHONG

GUO

这样一个人性未泯的官吏，作者还是有意无意表现了他的专横跋扈，写出了他以势压人，凶狠残暴的一面。牛丞相厅上一呼，阶下百诺，他有权有势，事事只从自己合适考虑，全不把他人意愿放在眼里。他有女儿，把她看做掌上明珠，尽管出于父爱，他要给女儿找一个合适的上门女婿，但是其做法却是一厢情愿。他要招状元女婿，媒婆来说媒，什么枢密少爷、尚书公子，牛丞相不允不说，还把媒婆吊起拷打。剧中写牛丞相吩咐家人："不拣甚么人家，但是有才学，做得天下状元的，方可嫁他。若是其余，不许问亲。"两个媒婆没有眼色，喋喋不休顺口胡乱夸赞自己保媒的人家，惹恼了牛丞相。他大喝："呀，这两个婆子到我跟前无礼，左右，不拣有甚么庚帖，都与我扯破！把那两个吊起，各打十八！"这真是无法无天。他对不合其心意的人说吊就吊，说打就打，他的话就是王法。

有这样的丞相，也有这样的皇帝。丞相皇帝君臣二人聊天说起丞相女儿没有女婿，皇帝竟不问新科状元蔡伯喈本人意愿，心血来潮，就自作主张，给蔡伯喈牛小姐下旨成婚。世上还有如此霸道的事情吗？牛丞相自然愿意，奉旨招亲，他就更加耀武扬威了。媒婆也是狗仗人势，说什么："这个有什么难处。一来奉当今圣旨，二来托相公威名，三来小姐才貌兼全，是人知道。蔡状元有何不可！"势利小人就是势利小人。他们完全依靠权势不管蔡伯喈愿意不愿意，那架势就是你不愿意也得愿意。其结果也就是逼迫蔡伯喈就范。他们向蔡伯喈夸耀的也是牛家"阀阅，紫阁名公，黄扉元宰，三槐位里排列"。蔡伯喈心里念念不忘自己的结发妻子，对于媒人说客的言辞不为所动。牛丞相的说客立即要挟说："迂阔，他势压朝班，威倾京国，你却与他相别。只怕他转日回天，那时须有个决裂。"媒婆也讥笑蔡伯喈"村杀"。俩人共同嘲讽蔡伯喈："乔才堪笑，故阻佯推不肯从。岂无佳婿近乘龙，有甚福缘能夸凤。料想书生只是命穷。"

当牛丞相听说他派去的媒婆说客为女儿求婚竟遭到蔡伯喈的拒绝，不由火起，道："听伊说，教人怒起。汉朝中唯我独贵。我有女，偏无贵戚豪家求配。奉圣旨使我招状元为婿！"当他听门客说蔡伯喈为拒婚要辞官回乡时，更是怒火中烧："他元来要奏丹墀，敢和我厮挺相持。细思之，可奈他将人轻觑。我就写表奏与吾皇知。与他官拜清要地，务要来我处为门楣。"他说，"自古道杀人可恕，情理难容。我的声名，谁不钦敬。多少贵戚豪家，求为吾婿而不可得。叵耐一书生颠倒不肯，反要辞官家去！"气急败坏的牛丞相岂能让蔡伯喈得遂心愿，竟然依仗他的权势，跟皇帝串通一气，生生不许蔡伯喈辞官辞婚。

在当时的社会情势下，君命不可违。蔡伯喈既然赶考得中，就已经身不由己。无奈他只能屈从牛丞相的安排，顺应皇帝的旨意，当了牛府的女婿。而当蔡伯喈希望回家省亲时，牛丞相却要派人去蔡伯喈家乡"取他爹妈媳妇来做一处居住"。虽然这里面有牛丞相疼惜女儿之意，但是他依仗自己有权有势，想怎样就怎样，也不问蔡伯喈，更不问蔡伯喈父母是否愿意到他家来居住。他以为自己豪富，蔡伯喈父母穷苦，就一定会喜欢到他这里来，岂不知人各有志不能相强，况且蔡伯喈父母是人不是物件，难道是他牛丞相想取就取的吗？

也正因为这些霸道权势才造成剧中主要人物的悲剧，才奠定全剧的悲剧本质。王世贞在《曲藻》中比较名剧《拜月亭》和《琵琶记》说《拜月亭》不如《琵琶记》，其原因之一是"歌演终场，不能使人堕泪"。反过来，王世贞的意思就是说：歌演时能"使人堕泪"，正是《琵琶记》的长处之一。《成裕堂绘像第七才子书琵琶记》卷一的《前贤评语》中王世贞的一些评语，如《南浦嘱别》一出，赵五娘舍不得蔡伯喈离去，所唱【五供养】曲中有："有孩儿也枉然，你爹娘倒教别人看管。"王世贞评曰："此语参人情按世态，淋漓呜咽，读之一字一泪，却乃一泪一珠。"《宦邸忧思》一出，蔡伯喈思念父母和妻子，所

089

真情持守
凄苦缠绵
《琵琶记》

WEN

HUA

ZHONG

GUO

唱【雁鱼锦】曲中有："几回梦里，忽闻鸡唱。忙惊问，错呼旧妇，同候寝堂上。"王世贞评曰："这般恍惚心绪，似梦似醒，若有若无，舌底模糊道不出处，却写得朗朗凄凄，真乃笔端有舌。"《乞丐寻夫》一出，赵五娘描画公婆遗容，所唱【三仙桥】曲中有："纵认不得是蔡伯喈昔日的爹娘，须认得是赵五娘近日的姑舅。"王世贞评曰："苦口苦心，凭三寸笔尖写来，自足碎人心肠。"《两贤相遘》一出，写赵五娘上京寻夫，与牛氏邂逅的情景，王世贞评曰："幻设妇女之态，描写二贤媛心口，真假假真，立谈间而涕泣感动，遂成千载之奇。"这几处悲剧情境的设置，有的是因为亲人之间的生离，如《南浦嘱别》；有的是因为亲人之间的死别，如《乞丐寻夫》；有的是因为思念亲人的愿望与这种愿望不能得到满足的矛盾所造成的心理上的压抑和痛苦，如《宦邸忧思》；有的是因为一个人的痛苦遭遇及其在另一个人的心中所激起的深切同情，如《两贤相遘》。但是归根结底悲剧的原因就是权势所逼造成蔡伯喈一家骨肉离散。更可悲的是作为牛丞相和皇帝，他们不仅不认为是他们的所作所为给蔡伯喈一家带来了巨大痛苦，反而认为是他们给蔡伯喈无上荣光，给了他幸福！这真是有权有势人的逻辑自与常人不同。

第六章

为人妻赵五娘情深意重

091

真情持守
凄苦缠绵
《琵琶记》

WEN

HUA

ZHONG

GUO

一、赵五娘识大体支持丈夫

赵五娘是《琵琶记》的女一号主人公。该戏第一出介绍剧情的
【沁园春】词曰:

赵女姿容，蔡邕文业，两月夫妻。奈朝廷黄榜，遍招贤士;
高堂严命，强赴春闱。一举
鳌头，再婚牛氏，利绾名牵
竟不归。饥荒岁，双亲俱丧,
此际实堪悲。堪悲赵女支持,
剪下香云送舅姑。把麻裙包
土，筑成坟墓;琵琶写怨,
径往京畿。孝矣伯喈，贤哉

牛氏，书馆相逢最惨凄。重庐墓，一夫二妇，旌表门闾。

此词概括全剧剧情的同时，即以相当篇幅述说了赵五娘的事迹，实际上已挑明了她在本戏中的重要地位。实则，五娘的一系列人生遭遇就构成这部悲剧的主要情节。赵五娘"仪容俊雅"、"德性幽娴"，是个美丽端庄、能书善画、识文断字的姑娘。她嫁与同郡蔡伯喈为妻，结婚才两个月，丈夫即离家出走——奔赴京城求取功名。为了支持丈夫实现他人生的价值，为了支持丈夫去圆他早年的梦想，赵五娘毅然决然勇敢地挑起艰难的家庭生活的重担。

丈夫蔡伯喈被其父"逼迫"奔赴科举考试，赵五娘开始也是耿耿于怀。赵五娘原本想象的婚后生活在第二出《高堂庆寿》她一出场所唱的【锦堂月】曲就已经勾勒出来：那就是"辐辏，获配鸾俦。深惭燕尔，持杯自觉娇羞。怕难主蘋繁，不堪侍奉箕帚。惟愿取偕老夫妻，长侍奉暮年姑舅"。此曲说的是赵五娘新婚不久，羞涩不安，但对丈夫，对婚姻甚为满意，所以一心向往的是与丈夫白头偕老，侍奉好年迈公婆，过平平常常安安稳稳的日子。她并没有希冀丈夫建功立业成名天下，更对功名利禄无所动心。当蔡父催促儿子伯喈"快赴春闱"以"改换门闾"，并且以恋新婚、贪妻爱来加以苛责，致使伯喈屈从父命时，赵五娘却清楚地表示异议。她一方面劝说丈夫："你读书思量做状元，我只怕你学疏才浅。官人，只是孝敬曲礼，你早忘了一段：却不道：夏清与冬温，昏须定，晨须省，亲在游怎远！"她从心里不希望丈夫抛家离舍远游京师，考取什么功名富贵。她想的就是一家人团聚过温馨的日子。另一方面她埋怨公公："你爹行见得好偏，只一子不留在身畔。"她本来想跟丈夫一起再去劝说公公不要叫蔡伯喈应考，但是一个念头阻止了她的行动，那就是"他又道我不贤，要将伊迷恋。苦，这其间教人怎不悲怨"。正是因为五娘怕落下"不贤"的罪名，蔡伯喈也不能不听从父命，夫妻俩才不得不分离。五娘无奈，她只得支持丈

夫去赴试。

赵五娘的心情在送别丈夫时有清楚的表白："妾的衷肠，事有万千，说来又恐添萦绊：六十日夫妻恩情断，八十岁父母教谁看管，教我如何不怨。"她说："无限别离情，两月夫妻，一旦孤零。官人，你此去经年，望迢迢玉京，思省。奴不虑山遥水远，奴不虑衾寒枕冷，奴只虑公婆没主，一日冷清清。"赵五娘表示不愿丈夫外出做官，她念着夫妻情不愿丈夫离别，她对丈夫的决定却又没有办法改变，所以心中只有埋怨。埋怨归埋怨，她并没有像那些泼妇一样蛮不讲理，大哭大闹，撒泼耍赖。五娘是贤惠的，识大体的，深爱丈夫的，她不想因为自己的不舍，使丈夫为难。她知书达理，用理智克制自己的情感，用行动支持丈夫——这就使她竟然一口答应替丈夫为父母尽孝。这是一个标准的传统的贤德妇女——顾全大局，为丈夫为公婆，宁愿压抑自己的情感，舍弃自己的幸福。这也是古代文人理想中的女子——顺从丈夫，顺从公婆，给予他们爱而不计回报，这种牺牲精神，忘我精神，不是任何人都能做到的。

赵五娘全力支持丈夫的集中表现就是用她那微弱的肩膀挑起了照顾年迈公婆的重担。临别蔡伯喈嘱咐五娘："双亲衰倦，娘子，你扶持着他老年，饥时劝他加餐饭，寒时频与衣穿。"赵五娘当即表示："官人，我做媳妇事舅姑，不待你言。"蔡伯喈还是不放心，说什么"娘子，你宁可将我来埋怨，莫将我爹娘冷眼看"。事实是赵五娘不仅没有冷眼看公婆，而且舍己忘私全心全意侍奉公婆，为的就是全力支持丈夫，为的就是兑现她给丈夫许下的诺言。人生得此体贴关爱的妻子那是三生有幸啊！

二、赵五娘是孝顺媳妇

　　赵五娘在侍奉老人方面自觉地承担了最大的牺牲。在赵五娘看来，夫妻恩爱与尽力侍奉公婆是融合在一起的两件事。要做一个好妻子就得首先做一个孝顺媳妇。这个道理应该古今相同。当今电视台播放的节目和报刊登载的文章，披露夫妻反目的种种故事中有许多就是因为婆媳不和、婆媳矛盾所造成的。贤妻，古来标准就必定是孝顺儿媳。《琵琶记》充分表现了这个古今不变的保持家庭和睦的道理。所以赵五娘不能违背丈夫和公公的意愿，支持丈夫去应考，并答应在家好好照顾公婆。她竭力撇开"六十日夫妻恩情断"的悲哀，其间固然有避"迷恋"丈夫嫌疑的苦衷，也不能说她没有将"与丈夫偕老和与侍奉公婆视作一回事情"的明确认识。

　　五娘在侍奉公婆时处处小心，正如她在《临妆感叹》所言："轻移莲步，堂前问舅姑。怕食缺须进，衣绽须补，要行时须与扶。"在饥荒年赵五娘艰苦备尝，劳役不辍，支撑着一家人衣食，同时体贴入微，勉力劝解二老。五娘既从物质上又从精神上多方照顾慰藉老人的孝行，不能不感人落泪。在第十七出《义仓赈济》里，赵五娘早已衣衫解典、囊箧罄尽，她还是为公婆着想。【捣练子】曲五娘唱道："嗟命薄，叹年艰，含羞忍泪向人前。犹恐公婆悬望眼。"她说："奴家少长闺门，岂识途路。今日见官司放粮济贫，只得去请些稻子，以救公婆之命。"那个时代跟当今不同，妇女讲究的是大门不出二门不迈，不能抛头露面的。可是为穷困所逼，家中没有男人，五娘只能感叹"怎说得不出

闺门的清平话"。她到官府乞领仓米,竟遭到里正的欺侮,把她一个弱女子的救命粮抢走。这时她可谓绝望已极,只觉得无路可走,只有死路一条了。她唱的【锁南枝】曲道:

> 夺将去,真可怜。公婆望奴不见还。纵然他不埋冤,道我做媳妇的有何干?他忍饥,添我夫罪怨,教我怎见得我夫面?

于是她想:终究是死,不如早死为强。她看到有一口古井,心想不如投井一死万事休。但是她又想的是:

> 将身赴井泉,思量左右难。我丈夫当年分散,叮咛嘱咐爹娘,教我与他相看管。苦,我死却,他形影单。夫婿与公婆,可不两埋怨?

在千难万难面前,五娘想的是,如果照顾不好公公婆婆,就会给丈夫添加不孝的罪名。如果侍奉不好公公婆婆,她就没有颜面去见丈夫。尽管她曾想一死了之,但是当五娘想她一死就辜负了丈夫临行的嘱托,就没有马上投井。幸而得到张大公转赠的仓谷,五娘赶紧给饥饿的公婆安排饭食充饥,她自己却只拿谷糠暗处吞咽。此事她又怕让公婆知道,她心中之苦可以想见。她说:"奴家自从丈夫去后,顿遭饥荒,衣衫首饰,尽皆典卖,家计萧然。争奈公婆年老,死生难保,朝夕又无甘旨膺奉,如何是好?只得安排一口淡饭,与公婆充饥。奴家自把些谷膜米皮逼逻来吃,苟留残喘。吃时又怕公婆看见,只得回避,免致他烦恼。"

殊不料婆婆嫌饭食不好吃,误以为媳妇不尽心,辱骂她,疑猜她。赵五娘却并不自辩,而是自我克制,自己有泪往肚里咽。【锣鼓令】曲五娘唱道:

> 婆婆息怒且休罪,待奴家霎时将去再安排。思量到此,珠泪满腮。看看做鬼,沟渠里埋。纵然不死也难捱,教人只恨蔡伯喈。

五娘尽管心里埋怨丈夫,自己叫苦不迭,她对待公婆依然是尽心

真情持守
凄苦缠绵
《琵琶记》

WEN

HUA

ZHONG

GUO

尽孝。这种孝顺媳妇就是在当今也是万里挑一的。她在《糟糠自餍》所唱两首【山坡羊】曲：

　　　乱荒荒不丰稔的年岁，远迢迢不回来的夫婿，急煎煎不耐烦的二亲，软怯怯不济事的孤身己。苦，衣尽典，寸丝不挂体。几番拼死了奴身己，争奈没主公婆，教谁看取。

　　　滴溜溜难穷尽的珠泪，乱纷纷难宽解的愁绪。骨崖崖难扶持的病身，战兢兢难捱过的时和岁。这糠我待不吃你啊，教奴怎忍饥？我待吃你啊，教奴怎生吃？思量起来，不如奴先死，图得不知他亲死时。

艰难困苦，人到万般无奈就会想到死，死是对现实的解脱，死是对一切责任的摆脱。五娘几次想到死，几次又硬挺过来，支撑她的力量就在于他对丈夫的深爱和对丈夫的应诺——替丈夫照顾好年迈的双亲。五娘做到了力尽所能，坚忍不拔，所以历来被作为孝顺媳妇的楷模。

五娘是一个有文化的妇女，剧中写她熟谙儒家经典，并且有"做个孝妇贤妻，也落得名标青史"（《临妆感叹》）的信念。她真心实意地把公婆视同于自己的爹娘，把婆媳关系与母女关系画上了等号，她的行为体现了传统的"人都有双重父母"的认知。她因为爱丈夫，所以也爱丈夫的父母，因为公婆辛辛苦苦哺育了丈夫，所以她要替丈夫回报父母，孝敬公婆。第三十二出《路途劳顿》中的"销金帐"曲，前三支实际上是五娘对蔡公蔡婆养育伯喈过程的颂歌。在古代社会下层民众的家庭里，一些妇女往往是家庭的真正支撑者，正如赵五娘。她们坚忍不拔，忘我牺牲，奉养老人，有的还要抚育子女，使丈夫能够在外获得成功。所以赵五娘就是这一类善良贤惠妇女的典型，是古今成功男人背后的优秀女人的典型。

三、赵五娘深爱丈夫

赵五娘对丈夫蔡伯喈深爱不已，坚定不移。不要只看她表面埋怨丈夫，诉说她的委屈和不满，重要的是要看她的行动。女人在男人面前总是会撒些娇的，所以男人应该学会懂得女人的心，在这方面蔡伯喈是心领神会的。他一人出门在外，对五娘是一百个放心。同时因为他感受到五娘对他真挚的爱，所以尽管他再娶了丞相之女牛小姐，他的心中依然对五娘深深眷恋，未曾忘怀。爱，从来都是相互的。我们说五娘在剧中表现出的她对丈夫的爱具体来说表现在八个方面：1. 克己奉夫，2. 离别深情，3. 替夫尽孝，4. 坚定守身，5. 千里追寻，6. 无尽思念，7. 宽容谅解，8. 和谐持家。

第一，克己奉夫。这充分表现在她本不愿意结婚才两个月的丈夫离家赶考，可是公公执意令丈夫应考，而且公公的本意也是希望丈夫一举成名天下知，从而改换门庭。正像蔡父所言："孩儿，惟愿取黄卷青灯，及早换金章紫绶。"这在当时社会也是大多数人家供儿子读书的唯一追求，无可非议。所以连蔡家的邻居张太公也支持蔡伯喈去赶考，并且慨然答应帮助蔡伯喈照顾其年迈父母。在这种情况下，赵五娘作为妻子，没有因为丈夫离家赶考就不依不饶，就一定逼迫丈夫留守在家。这固然是她不愿意承担阻拦丈夫赶考的不贤恶名，然而她更加顾忌的则是不愿让丈夫承担留恋家室不去应考的恶名，她之所以最后不阻拦丈夫应考，究其根本还在于对丈夫的深爱。

第二，离别情深。丈夫要远行，离别依依，深情款款，赵五娘一再嘱咐丈夫：一是考中后快快归家，二是在外不要沾花惹草。她说"不念我芙蓉帐冷，也思亲桑榆暮景"，实际此话正是要丈夫不要忘记妻子我在家孤苦伶仃等待着你归来。她说："奴不虑衾寒枕冷，奴只

097

真情持守
凄苦缠绵
《琵琶记》

WEN

HUA

ZHONG

GUO

虑，公婆没主，一日冷清清。"实际在说她思念丈夫，不过是拿公婆来做借口。要知道那个年代一个女人要主动说她想男人，那是要被人耻笑的，那个年代的妇女只能曲折表达自己的心意。

第三，替夫尽孝。蔡伯喈离家后，赵五娘完全承担起照顾公婆的重任。本来照顾父母是儿子应尽的责任。蔡伯喈受父命离家赶考，虽然有好心的仗义的邻居张太公挺身出来答应帮助照顾，但是丈夫对妻子依然是谆谆嘱托，毕竟妻子才是自家人。五娘虽然感觉很为难，但是爱丈夫就得爱他的家人。对丈夫父母的爱就深深熔铸着对丈夫的爱。俗话说爱屋及乌，况且是对人。未有不爱公婆的儿媳能够跟丈夫相处亲密的，除非那丈夫是不孝子。

第四，坚定守身。赵五娘尽心尽力照顾公婆，她万万没有想到的是，丈夫离家后会发生那么大的变故。灾荒年，她无可预料。领赈济粮，她想不到里正会抢走。她典卖光了自己的衣饰，尽力满足公婆的吃食，不料婆婆还不满，甚至猜疑她自己偷吃美食。就是如此被猜忌，五娘也还是替丈夫尽心尽力行孝，没有三心二意，更没有离家出走之心。当两位老人相继去世，老人临终嘱咐她为了生存另嫁他人，五娘却坚决表示"一马一鞍，誓无他志"。她坚决为丈夫守身如玉。这种意志她早就下定。她在丈夫走后就已经懒得梳妆，因为中国传统讲究的是"女为悦己者容"。她在【风云会四朝元】曲唱道：

> 朱颜非故，绿云懒去梳。奈画眉人远，傅粉郎去，镜鸾羞自舞。把归期暗数，只见雁杳鱼沉，凤只鸾孤。绿遍汀州，又生芳杜。空自思前事，嗏，日近帝王都。芳草斜阳，教我望断长安路。君身岂荡子，妾非荡子妇，其间就里，千千万万，有谁堪诉。

这真是一曲"贞妇歌"，它会令天下古往今来所有的对爱情不忠的人闻之汗颜。

第五，千里追寻。赵五娘一心一意忠于丈夫，所以她料理完公婆

的后事后，立即起程千里寻夫。那时的交通与当今不可同日而语，五娘平日又是一个大门不出二门不迈的良家妇女，可想而知她从家乡到京城千里迢迢，一无钱，二无伴，孤身一人身背琵琶卖唱求乞，该是多么艰难。但是就因为她心里装着亲爱的丈夫，她怀揣与丈夫团聚的热望，所以才能克服千难万险，到达京城。《路途劳顿》一出五娘说的都是真情实话："奴家为寻丈夫，在路途上多少狼狈。况独自一身，拿着一个琵琶，背着二亲真容，登高履险，宿水餐风，其实难捱。只是一件，若去到洛阳，寻见丈夫，相逢如故，也不枉了这遭辛苦！"所以她在【缕缕金】曲唱道："途路上实难捱，盘缠都使尽，好狼狈，试把琵琶拨，逢人乞丐。"正是怀揣对丈夫的挚爱，五娘才能完成艰难的寻夫行程。

第六，无尽思念。从蔡伯喈离家一直到五娘找到丈夫，这期间五娘对丈夫是无尽无休地思念。这思念时而是对丈夫埋怨，甚至是责怪，时而是关切惦念，时而是猜测怀疑，但是万般思绪，总之都归结为——那就是对丈夫的刻骨铭心的爱。她的【月云高】曲道：

> 暗中思忖，此去好无准。只怕他身荣贵，把咱不厮认。若是他不偢采，空教奴受艰辛。他未必忘恩义，我这里自闲评论。他须记一夜夫妻百夜恩，怎做的区区陌路人。

到达京城洛阳，五娘已是一贫如洗，只得靠弹唱琵琶行乞，她期盼着在行乞过程中能够遇到丈夫。【赏秋月】曲道：

> 在途路历尽多辛苦，把公婆魂魄来超度。焚香礼拜祈回护，愿相逢我丈夫！

这足以说明五娘时时刻刻都在思念着丈夫，盼着跟丈夫早团聚。

第七，宽容谅解。因缘得遇，赵五娘被牛小姐请至家中。五娘已经知道丈夫确实在外另娶，此时她可以大哭大闹，也可以痛骂丈夫负心，甚至可以跟丈夫离异。这种事情在当今屡屡发生，已经不足为奇。

WEN

HUA

ZHONG

GUO

但是五娘在得知丈夫又娶了牛小姐之后，她采取的态度却是宽容谅解。她先是为丈夫辩解说："他当原也是没奈何，被强来，赴选科，辞，爹不肯听他说"。从牛小姐那里她又知道丈夫"辞官不可，辞婚不可"，五娘感叹"三不从，做成灾祸天来大"。她从而对丈夫的行为谅解，对牛小姐包容。在公婆墓前她说："百拜公姑，望矜怜恕责我夫。你孩儿赘居牛相府，日夜要归难离步。"她为牛小姐辩解说："你这新媳妇呵，坚心雅意劝亲夫。同归故里守孝服，今日双亲来庐墓。"正是因为五娘深爱丈夫，所以她对丈夫又娶才不忌不恨，五娘的胸怀直可令天下妒妇愧羞。

第八，和谐持家。正因为五娘包容大度，所以她不仅能原谅丈夫，而且还能跟牛小姐和睦相处，和谐持家，而这一切恰恰是出于五娘对丈夫的深爱，当然也出于她的贤惠。正因为五娘不是妒妇，她跟牛小姐才能共事一个男人。剧中五娘说得很清楚："自古道人有贵贱，不可概论。夫人是香闺绣阁之名姝，奴家是裙布荆钗之贫妇。况承君命以成婚，难让妾身而居右。"正是因为五娘不自恃大，谦虚礼让，加上牛小姐也是一个贤惠妻子，所以她们才相处融洽。

从以上八个方面分析，人们应该都会认可赵五娘对丈夫蔡伯喈的深情。五娘对丈夫的深爱，堪为天下古今为人妻者的楷模。当然，今天也许有人会为五娘不平，认为她窝囊，委屈，其实世间事有很多是"退一步海阔天空"的。

四、赵五娘是女中强者

在整个古代文学的画廊里，赵五娘可以说是一个柔弱女子，她不像花木兰能够代父从军，不像穆桂英能够挂帅出征，不像祝英台那样自由游学，她也不是出身豪门的大家闺秀，她至多是一个良家妇女，小家碧玉。她并没有做出什么惊天动地的大事业，她就是一个普普通通的家庭妇女，像千千万万的妇女一样平平常常。但是她又是这千千万万平常普通妇女中的杰出者，是她们这个队伍中的强者。其特别突出的一点就在于她对爱情的执着，坚定，无悔，追求，她的这种精神正是中华妇女的传统品德的表现。也许对于赵五娘这种持守真情的表现当今一些年轻人会不以为然：他们或许觉得赵五娘太傻，太愚，凭什么他蔡伯喈就要一人离家，把新婚俩月的妻子留在家中，而且还把两个老人交给五娘照顾，而他蔡伯喈一人在外逍遥。家里的五娘不就等于雇佣了一个不花钱的保姆吗？傻不拉叽的五娘还自己舍不得吃，有好吃的都给老人，甚至把自己的衣服首饰都变卖了，这个五娘不是脑袋进水了吗？所以当今小青年觉得五娘不可效仿，五娘的精神是不可学习的。要学五娘那就吃大亏了。

是的，如果站在自私自利的角度来看赵五娘，她似乎就是一个傻子。但是如果从怎样做人的角度看，那谁也不能否认赵五娘是一个贤惠的妻子，是一个堂堂正正无可挑剔的女人。试想，无论哪朝哪代的男人，如果娶到这样的老婆，还能挑剔什么？男人谁不喜欢这样的老婆——漂亮、端庄、贤惠、痴情、专一，能够一心一意照顾家庭，侍奉公婆。所以说赵五娘是中国传统的贤德妇女的典型。这里要说赵五娘更是女中强者，是坚定维护自己爱情的持守者。

赵五娘坚守信义，一诺千金，她答应丈夫照顾好公婆，就尽心尽

真情持守

凄苦缠绵
《琵琶记》

WEN

HUA

ZHONG

GUO

力。特别是在灾荒年，她的表现，就是在当今，也不是一般儿媳所能做到的。五娘做到了，她就不是一般，而是女中强者，意志强，信念强，行为更坚强。请看五娘是多不易。她叹息说："奴家自嫁与蔡伯喈，才方两月，指望与他同事双亲，偕老百年。谁知公公严命，强他赴选。自从去后，竟无消息，把公婆抛撒在家，教奴家独自应承。奴家一来要成丈夫之名，二来要尽为妇之道，尽心竭力，朝夕奉养。正是天涯海角有穷时，只有此情无尽处。"可是屋漏偏遭连夜雨，本来五娘一人侍奉俩老人就够难，偏又遇上灾荒年。五娘去领赈灾粮，竟被狼心狗肺的里正抢夺去。五娘苦苦哀求里正，其【锁南枝】曲唱道："儿夫去，竟不还，公婆两人都老年。自从昨日到如今，不能够一餐饭。奴家请粮，他在家悬望眼，念我年老公婆做方便。"谁想里正竟毫无人性，抢了就跑。五娘想活路已无，不如就死。亏得张太公帮助，渡过难关。五娘给公婆做米饭吃，自己却躲一边吃糠。不料反被婆婆怀疑，蔡婆跟蔡公说："阿公，亲的到底是亲，亲生儿子不留在家，到依靠着媳妇供养。你看前日兀自有些鲑菜，今日只得些淡饭，教我怎的吃。再过几日，连饭也没了。我看他前日自吃饭时节，百般躲避我，敢是他背地里自买些下饭受用分晓。"但是五娘受了委屈并不分辩，因为她本来就不愿意让公婆知道她在吃糠。而这种忍耐力需要怎样的刚强志气，这绝不是一般人能够轻易做得到的。

在著名的《糟糠自餍》一出里，赵五娘所唱四支【孝顺歌】借物抒怀，尽情讴歌，道出了这个普通妇女处世的艰难、内心的痛苦和始终不渝坚强不屈地侍奉二老的意愿：

呕得我肝肠痛，珠泪垂，喉咙尚兀自牢嗄住。糠那！你遭砻被春杵，筛你簸扬你，吃尽控持。好似奴家身狼狈，千辛万苦皆经历。苦人吃着苦味，两苦相逢，可知道欲吞不去。

糠和米，本是相依倚，被簸扬作两处飞，一贱与一贵，好似

奴家与夫婿，终无见期。丈夫，你便是米呵，米在他方没寻处。奴家恰便似糠呵，怎的把糠来救得人饥馁。好似儿夫出去，怎的教奴供膳得公婆甘旨？

五娘悲呼："这糠啊，尚兀自有人吃，奴家的骨头知他埋在何处？"这是五娘内心极度痛苦的抒发。但是她又说："爹妈休疑，奴须是你孩儿的糟糠妻室。"这"糟糠妻"典故的使用，则不但表明五娘坚定地认为自己是与丈夫贫贱相守的妻子，而且表现了她与二老死生不渝、风雨同舟的坚定信念。

丈夫蔡伯喈不在家中，赵五娘一力承担起照顾公婆的重任，尽管这期间不免有些小摩擦，但是公婆最终都知道他们拥有一个十分孝顺的媳妇。他们在离世时都觉得自己，以及他们的儿子对不住这样贤德的媳妇，所以要遗嘱叫赵五娘另嫁他人，不要为他们守孝，不要再等待那多年外出不归的蔡伯喈。但是五娘却不这样想。她认定蔡伯喈就是他的男人，唯一的丈夫，所以五娘剪发买葬，十指挖泥，罗裙包土，埋葬和祭奠二老。她在完成丈夫交给的照顾老人的重任后，就无所负担地一心一意去寻找蔡伯喈了。五娘要是不坚强是根本做不到的。五娘，令人钦敬！五娘，因此也是中国古代文学史、戏曲史上的一个光辉形象。

也许当今青年以为这有什么了不起的啊，妻子丈夫分居两地很平常，男人出外打工，老婆就得在家照顾老人孩子。想老公了，坐车不就到城里来了。问题是说得容易，做起来不易。尤其在几乎两千年前的古代，交通并没有现在方便，人们出门大多都是步行。就是有独轮木车，比人自己走也快不了多少，因为那车也是人推啊。再说出门就

103

真情持守

凄苦缠绵
《琵琶记》

WEN

HUA

ZHONG

GUO

得花钱，吃住用度样样不比在自己家中。五娘一个女人竟然依靠卖唱行乞一路上京寻夫，这该是有多坚强的意志，多坚定的信念。在第三十二出《路途劳顿》【月云高】曲五娘唱道："路途多劳倦，行行甚时近？未到洛阳城，盘缠多使尽。回首孤坟，空教奴望孤影。天哪，他那里谁僝僽？俺这里谁投奔？正是西出阳关无故人，须信道家贫不是贫。"她所吟诵的【苏幕遮】词更道出她的辛苦：

怯山登，愁谁渡，暗忆双亲，泪把麻裙渍。回首孤坟何处是，两下萧条，一样愁难诉。玉消容，莲困步，愁寄琵琶，弹罢添凄楚。惟有真容时时顾，憔悴相看，无语恓惶苦。

虽然苦，赵五娘却是一个不怕苦的人，是一个刻苦耐劳、善良淳朴的人，是一个外表柔弱，性格坚强的人，是一个值得人们学习和敬仰的人。

第七章

独生子蔡伯喈进退两难

105

真情持守
凄苦缠绵
《琵琶记》

WEN

HUA

ZHONG

GUO

一、蔡伯喈就是孝子

蔡伯喈是《琵琶记》中的关键人物、中心人物，由于作者真实描绘了他的遭遇，描绘了他的思想性格，古今观者则从自身理解，对蔡伯喈这个人物产生了许多争议。按照作者的意图，他所塑造的蔡伯喈则是一个"全忠全孝"的正面人物，但是在后人看来，却并不以为然，甚至说蔡伯喈是一个不忠不孝的典型。说他既不是一个好儿子，也不是一个好丈夫，他对父母不孝，对妻子不忠。理由是父母双亡他却不在身边；他家有妻室却又再娶，明明是贪图富贵荣华。就是有一百个理由，如果他要忠于妻子，忠于爱情，也不会再娶，就是娶了也不会合房，他完全可以走走形式，搞"假婚"啊。剧中写蔡伯喈婚后表面唉声叹气，可是实际却跟牛小姐已经如胶似漆不能分离。这里面虽然有迫于权势的因素，但是他本人意志不坚倾慕富贵则是根本，无论如何辩解，他对赵五娘，对爱情不忠已是铁的事实。至于他在京城享乐，他的父母在家乡忍饥挨饿，最后穷困而死，他都没有尽孝，还能说他是一个孝子吗？

人们对蔡伯喈的非议，对作者创作意图的不理解，不是没有道理，但是对一件事情，人们站在不同角度自然会有不同的认识，这并不奇怪。要在人们不能以今天的理念，当代的思想去衡量古人的是非。评判《琵琶记》自然要历史地去评判，这样人们就会理解为什么作者说他塑造的主人公是"全忠全孝"了。

须知《琵琶记》是早期南戏《赵贞女蔡二郎》的改编，在早期南戏的故事里，蔡伯喈应试上京长期不归，其家贫寒不堪，父母死后，靠他的妻子赵贞女罗裙包土建成坟墓，这些情节高明写《琵琶记》都有所保留。而赵贞女到京城找到蔡伯喈时，蔡伯喈拒不相认，并以马踩之，最后蔡遭报应，被暴雷击死。这些情节高明不取，把早期蔡伯喈这一负心汉的人物形象做了一个根本的改变，完成了他心目中的"全忠全孝"之人物形象的塑造。

蔡伯喈是一个典型的古代知识分子的形象，他深受孔孟之道儒家思想的教育，当然懂得为人必须既忠且孝。而事亲尽孝就是儒家正统思想中君子必须遵守的行为准则。《孝经》曰："夫孝，始于事亲，中于事君，终于立身。"这是儒家至高人格的基本要求。"夫孝，天之经也，地之义也，民之行也。"儒家认为在人类的行为中，没有比孝道更重要的。这是从人本思想出发，同时将孝道的理念奉为了最高自然法则。事亲的基本要求是："居则致其敬，养则致其乐，病则致其忧，丧则致其哀，祭则致其严。"

就以儒家经典《孝经》所述衡量蔡伯喈是否做到了"事亲之孝"哪？首先从"居"和"养"来看。应该说蔡伯喈对待父母是恭恭敬

敬，尽其所能使父母欢欢乐乐的。

这从剧作一开始就给了人们这样一个肯定的答案。作者安排以《高堂称寿》开场的良苦用心就在于一开始就把蔡伯喈"事亲至孝"的形象推到观众面前。请看蔡父问蔡伯喈安排酒席做什么，蔡伯喈回答："告爹妈得知，人生百岁，光阴几何，幸喜爹妈年满八旬，孩儿一则以喜，一则以惧。当此青春光景，闲居无事，聊具一杯蔬酒，与爹妈称庆则个。"这虽是普普通通的话语，则明确告诉人们蔡伯喈对父母一直是恭敬孝敬有加的。对此蔡父深有体会，所以他对老伴说："阿婆，这是子孝双亲乐，家和万事成。"同时就在这一开场蔡伯喈自己也表白了他的孝心，那就是虽然他十年寒窗学业有成，自觉已有满腹经纶，鱼跃龙门不在话下，但是他明确表示："怎离却双亲膝下。且尽心甘旨，功名富贵，赋之天也。"表明蔡伯喈本无意于功名，愿一心在家侍奉年迈的双亲。这不是一个活脱脱的孝子形象吗？

接下来剧中表述蔡父出于爱子和受时代思想的影响，几乎是强逼蔡伯喈去应试。蔡伯喈所唱两曲进一步表现了他的真切孝心。

其一【一剪梅】：

> 浪暖桃香欲化鱼，期逼春闱，诏赴春闱，郡中空有辟贤书，心恋亲闱，难舍亲闱。

其二【宜春令】：

> 虽然读万卷书，论功名非吾意儿。只愁亲老，梦魂不到春闱里。便教我做到九棘三槐，怎撇得萱花椿树。天哪！我这衷肠，一点孝心对谁语？

他说："世间好物不坚牢，彩云易散琉璃脆。蔡邕本欲甘守清贫，力行孝道。谁知朝廷黄榜招贤，郡中把我名字保申上司去了。一壁厢已有吏来辟召，自家力以亲老为辞，这吏人虽则去，只怕明日又来，我只得力辞便了。正是人爵不如天爵贵，功名争似孝名高！"

真情持守
凄苦缠绵
《琵琶记》

WEN

HUA

ZHONG

GUO

但是这种孝，只能说是"养则致其乐"的孝。这里虽有"居则致其敬"的孝的成分，而蔡伯喈真正以恭敬表现其孝心的行动则是听从父亲劝告或者说遵从父亲严命——参加了科考。有人说什么蔡伯喈参加科考就是不孝，因为他毕竟离开了年迈父母，一去不回。其实这些说蔡伯喈不孝者，并没有看懂《琵琶记》。戏中蔡父说得很明白，其【宜春令】曲道："时光短，雪鬓催，守清贫不图甚的。有儿聪慧，但得他为官吾心足矣。孩儿，天子诏招取贤良，秀才每都求科试，你快赴春闱，急急整着行李。"可是蔡伯喈并不愿去，在【绣带儿】曲他唱道："亲年老，光阴有几，行孝正当今日。终不然为着一领蓝袍，却落后五彩斑衣。思之，此行荣贵岁虽可拟，怕亲老等不得荣贵。"但是蔡父马上反驳道："孩儿，春闱里纷纷的都是大儒，难道是没爹娘的方去求试？"就是在这种情况下，蔡伯喈还是不想去应考，他说的一番话，是发自肺腑的：

爹爹，孩儿岂敢推阻，争奈爹妈年老，无人侍奉。万一有些差池，一来人道孩儿不孝，撇了爹娘，去取功名；二来人道爹爹所见不达，止有一子，教他远离。孩儿以此不敢从命。

不料蔡父立意已决，他反问蔡伯喈："不从我命，也由你。你且说如何唤作孝？"蔡伯喈当即回答："告爹爹，凡为人子者，冬温夏清，昏定晨省，问其燠寒，搔其痾痒，出入则扶持之，问所欲则敬进之。所以父母在，不远游。出不易方，复不过时。古人的孝，也只是如此。"然而蔡父对儿子的回答不以为然，他说蔡伯喈所说都是小节，不曾说着"大孝"。于是蔡父给蔡伯喈讲解："大孝始于事亲，中于事君，终于立身。身体发肤，受之父母，不敢毁伤，孝之始也。立身行道，扬名后世，以显父母，孝之终也。是以家贫亲老，不为禄仕，所以为不孝。你若是做得官时节，也显得父母好处，兀的不是大孝是什么。"

熟知儒家经典的蔡伯喈当然知道什么是小孝，什么是大孝。传统的子女尽孝观不仅要求子女立身，而且在立身的基础上要立德、立言、立功，"扬名于后世，以显父母，孝之终也"（《孝经·开宗明义章》）。子女们寒窗苦读，求取功名，跻身仕途，为父母、为家庭取得荣誉，就是实现父母对子女的最大希望，光宗耀祖，这是传统孝道对子女在家庭伦理范围内的最高要求。

所以，对于蔡父所说的一片大道理，蔡伯喈无法辩驳。他承认爹爹说的有理，但是他说自己去应考并不一定就准能够做官啊。一旦考不中，岂不是既不能事亲又不能事君，岂不两下耽搁。邻居张太公帮着蔡父劝说："老汉尝闻古人云，幼而学，壮而行，怀宝迷邦，谓之不仁。"他讲述了一系列古人好学献艺名扬天下的故事，然后说"自古道学成文武艺，货与帝王家"，指出蔡伯喈已经学有所成，再不去最后拼搏一场，那就显然不对了。所以蔡伯喈不想去应考是孝心，最后去应考还是从孝道出发。由此来看从蔡伯喈一出场，作者高明就是在描写蔡伯喈的"全忠全孝"，他要给人们展现的是一个不拘小节的大孝形象。

《孝经》所言孝道还有"病则致其忧，丧则致其哀，祭则致其严"的要求。诚然蔡伯喈在其爹娘病故过程中没有守候侍疾，也没有给二老送终，为此一些人就谴责蔡伯喈不是孝子，未尽孝道，说他贪图名利富贵，是一个虚伪君子。如果只从表面现象来看，某些人对蔡伯喈的指责好像不无道理，因为蔡伯喈在其父母病亡期间一直没有回家。但是应该顾及的事实是蔡伯喈并不知道家乡的灾情，也不知道父母病故。那个时代并不像而今通讯设备如此发达，信息传播如此迅速。剧中所写是距今两千年前的故事，那时消息的传递完全是依靠人口传达而得知的。俗话说不知者不怪罪，要考察的是当蔡伯喈知道家乡和父母的情况后他的态度，他是贪恋富贵还是心中愧疚，是依旧不理不睬

109

真情持守

凄苦缠绵
《琵琶记》

WEN

HUA

ZHONG

GUO

还是尽快回家扫墓。剧中展现的恰恰是后者。当牛丞相派李旺下书接蔡伯喈父母到京城，在蔡伯喈家乡遇到张太公时，张太公对李旺说蔡伯喈"他生不能养，死不能葬，葬不能祭，这三不孝逆天罪大"。李旺则向张太公解释："公公，你休错埋冤了人。他要辞官，官里不从；他要辞婚，我太师不从，也只是没奈何了。"张太公才明白："恁的呵，原来他也是无奈——三不孝亦非其罪。"张太公以为蔡伯喈是不孝子，是他不了解情况，观剧者如果知道蔡伯喈身不由己，不能回家看望父母，还责怪他不孝，就有些强加于人了。剧中写当蔡伯喈知道父母已经亡故，他是"终朝垂泪，为双亲使我心瘵"。他深深自责，【催拍】曲道：

> 念蔡邕为双亲命倾，遭不孝逆天罪名。今辞了帝廷，感岳丈殷勤，岂敢忘情。痛父母恩深，久负亡灵。

随即他带着两个妻子去为父母守墓祭扫尽孝。此时张太公说的话可以为蔡伯喈盖棺定论："老夫当初也只道你贪名逐利，撇了父母妻室，不肯还家。到如今才得个分晓。《孝经》云：'孝弟之至，通于神明，光于四海，无所不通'。今见你坟头，枯木生连理之枝，白兔有驯扰之性，祥瑞如此，吉庆必来。"当皇帝下达一门旌奖的诏书，蔡伯喈接诏后，他所唱【一封书】词曰："儿不孝，有甚德，蒙岳丈过主维。何如免丧亲，又何须名显贵。可惜二亲饥寒死，博得孩儿名利归。"至此，蔡伯喈的孝义之心可谓通彻透明，毋庸置疑了。

二、蔡伯喈为官未忘情

赵五娘对丈夫蔡伯喈是一往情深，作为妻子，她的作为处处表现了对丈夫的情深意重。那么作为丈夫，蔡伯喈对妻子的情意有几何？他是忠于爱情、忠于妻子的好儿男，还是一个负心汉、花心郎呢？不

同人会有不同的答案。蔡伯喈的生活层面不仅仅在一个家庭中，他是生活在一定社会环境中的人。他的生活层面除了家庭，还有官场，就是还有政治层面。常言说"无官一身轻"，"人在江湖身不由己"，蔡伯喈既然踏入官场，许多事就远不是由他自己意愿可以决定的了。这种情况不仅在古代，在蔡伯喈是如此，就是当今为官为宦者也是一样不可自作主张——一切言行要符合国家的利益，听从上级的意旨和安排，甚至包括婚姻和爱情。就笔者所知20世纪60年代以前的"革命同志"谈恋爱都是要跟组织汇报的，如果你选中的恋爱对象，经"组织审查"不同意，你就要坚决服从组织决定，立即跟那对象决裂。反之经领导审查同意给你选中的恋人，你不喜欢也得接受。理由就是个人必须服从组织，革命利益高于一切。参加革命就是要献身革命，要绝对服从组织安排。这些情况80年代以后的青年人或许很不理解——谈恋爱是个人的事情，凭什么要听凭组织决定！殊不知，封建社会男女婚姻大事向来是父母做主，离开父母参加革命，婚姻大事由组织做主，自然也顺理成章啊。由此回溯蔡伯喈为官之后的遭遇，就不难理解，他实在是有太多的无奈了。

从总体来说，蔡伯喈还是一个重情重义之人，他在踏入官场之后并没有忘记亲情爱情。但是有人说蔡伯喈从骨子里就追求功名利禄，表面上看，他淡泊功名无意仕宦，还多次表白自己"虽然读万卷书，论功名非吾意"，"人爵不如天爵贵，功名争似孝名高"，实际他的内心对功名富贵充满向往之情。他说"只图个一举成名天下知，你若不锦衣归里，谁知你读万卷书"，可见蔡伯喈的功名意识是很强烈的。他在得中状元后，即喜形于色地唱道："君恩喜见上头时，今日方显男儿志"，很是得意洋洋，而且立即欢呼："布袍脱下换罗衣，腰间横系黄金带，骏马雕鞍真是美"。在杏园春宴时，他更是神采飞扬，踌躇满志，"青云路通，一举能高中，三千水击飞冲"。从以上种种可以看出

111

真情持守

凄苦缠绵
《琵琶记》

WEN

HUA

ZHONG

GUO

蔡伯喈对功名是非常渴望的。尽管以上是事实，但是人们也不能否认，蔡伯喈起初对于考取功名并无多大的兴趣，因为他知道父母年事已高，家中就他一个独子，为恪守孝道，他甚至把郡里来下招考通知的人都打发走了。

当然，无可否认蔡伯喈的确也在追求功名富贵。在某些人看来好像蔡伯喈这种追求就不应该，有这样的追求就是名利之徒，人品就不高尚似的。当代人们都很欣赏这样一句名言——"不想当元帅的士兵，不是一个好士兵"。那么对于读书一心一意想考名牌大学，想当博士，想当专家的学生，这种想出人头地的想法，人们是应该肯定，还是应该否定呢？无疑，人们都会肯定、承认这样的学生是有志向的学生。同理，对于蔡伯喈读书想考中状元，并且考中了，是应该肯定还是否定？"姮娥剪就绿云衣，折得蟾宫第一枝。宫花斜插帽檐低，一举成名天下知！"蔡伯喈依靠自己的努力，十年寒窗，一举成名，他本来就应该自豪，这又有什么值得非议呢？

问题的根本是要看蔡伯喈金榜题名、为官之后，他是不是变了一个人，就像古剧《赵贞女蔡中郎》所写的蔡伯喈或《秦香莲》剧中的陈世美那样贪图富贵，不仅不认妻室，甚至还要杀妻，丧尽天良。高明笔下的蔡伯喈跟古剧中的蔡伯喈不是一个人，不是一种人，他更不是陈世美那样的恶人。蔡伯喈中举后何尝不想回到亲人身边，他无时无刻不惦记年迈的父母，思念着新婚久别的妻子。只是在金榜题名做了状元的那一刻起，他的一切都不由他自己安排了。但是他高中为官，地位变了，对父母妻子的深情却没有变。就在欢庆他得中状元的宴席上他却大放悲声："传杯自觉心先痛，纵有香醪，欲饮难下我喉咙。他寂寞高堂菽水谁供奉？俺这里传杯喧哄。"他在为官后常郁郁寡欢。第十三出《官媒议婚》蔡伯喈所唱【高阳台】曲就是他心情忧郁的写照：

梦绕亲闱，愁深旅邸，那堪音信辽绝。凄楚情怀，怕逢凄楚时节。重门半掩黄昏雨，奈寸肠此际千结。守寒窗一点孤灯，照人明灭。当时轻散轻别，叹玉箫声杳，庾楼明月。一段愁烦，翻成两下悲咽。枕边万点思亲泪，伴漏声到晓方彻。锁愁眉，慵临青镜，顿添华发。

此曲可谓深情抒发了蔡伯喈为官后思亲念亲的纠结，可以充分说明他不是一个忘情之人。再看他自述心迹之词【木兰花】道：

鳌头可美，须知富贵非吾愿。雁足难凭，没个音信寄亲情，田园将芜，不知松菊犹存否。光景无多，怎奈椿萱老去何。

他道："自家为父母所强，来此赴选，谁知逗留在此，竟不能归。今又复拜皇恩，除为议郎，虽则仕居清要，争奈父母年老，安敢久留。天哪，知我的父母安否如何，知我的妻室侍奉如何。欲待上表辞官，又未知圣意如何。苦，好似和针吞却线，刺人肠肚系人心。"

他在【高阳台】曲更道："千里关山，一家骨肉，教我怎生抛撇。妻室青春，那更亲鬓垂雪。"正因为蔡伯喈一心想念父母妻子，所以他上表辞婚辞官。一曲【歇拍】唱得好："不告父母怎谐匹配，臣又听得家乡里，遭水旱，遇荒饥，多想臣亲必做沟渠之鬼。未可知，怎不教臣悲伤泪垂。"【衮第三】曲则道："但臣亲老鬓发白，筋力皆癯瘁。形只影单，无兄弟，谁奉侍，况隔千山万水，生死存亡，虽有音书难寄。最可悲，他甘旨不供，我食禄有愧。"

当牛丞相看中了蔡伯喈的品貌才华，由皇帝做主，招蔡伯喈为婿，蔡伯喈以家中有垂老的父母和已有妻室为由，婉言拒绝。为表明他的态度，他跟牛府的媒人说，早朝上殿向皇帝辞官，要回乡奉养双亲去。牛丞相闻讯，对一个新科状元竟敢这样藐视他的权威，很是恼火，遂请皇帝降旨，不许蔡伯喈辞官辞婚。转天蔡伯喈在金殿外果然就被黄门官挡驾，并向他宣读了圣旨："孝道虽大，终于事君；王事多艰，岂

遑报父——尔当恪守乃职，勿有固辞；其所议婚姻事，可曲从师相之请……"蔡伯喈再说什么也没用了，一句"圣命谁敢违背"，就使得蔡伯喈父母妻子一旦抛！蔡伯喈和牛小姐勉强成婚了，但是蔡伯喈心情却一直郁郁寡欢。

他辞官、辞婚均被驳回的时候，一曲【归朝欢】表露他的真心：

　　冤家的，冤家的，苦苦见招，俺媳妇埋冤怎了？饥荒岁，饥荒岁，怕他怎熬？俺爹娘怕不做沟渠中饿莩？

试想此时此刻蔡伯喈的心境是多么凄苦多么缠绵，之所以如此不就是因为他怀有一缕真情嘛。第二十四出《官邸忧思》更表达了蔡伯喈在官难忘情的胸怀，一则是他居官思乡念家，道："终朝思想，但恨在眉头，人在心上。凤侣添愁，鱼书绝寄，空劳两处相望。青镜瘦颜羞照，宝瑟清音绝响。归梦杳，绕屏山烟树，哪是家乡。"一阕【踏莎行】更说得清楚明白："怨极愁多，歌慵笑懒，只因添个鸳鸯伴。他乡游子不能归，高堂父母无人管。湘浦鱼沉，衡阳鸣断，音书要寄无方便。人生光景几多时，蹉跎负却平生愿。"蔡伯喈想念家乡想念亲人，在官邸回忆起往事时几多忧伤。情急之时则深深自责：

【雁渔锦】曲道：

　　思量，幼读文章，论事亲为子也须要成模样。真情未讲，怎知道吃尽多魔障？被亲强来赴选场，被君强官为议郎，被婚强效鸾凰。三被强，我衷肠事说与谁行。埋怨难禁这两厢：这壁厢道咱是个不撑达害羞乔相识，那壁厢道咱是个不睹事负心的薄幸郎！

　　悲伤，鹭序鸳行，怎如那慈乌反哺能终养？

谩把金章绾着紫绶，试问斑衣今在何方。斑衣罢想，纵然归去，

又恐怕带麻执杖。天哪，只为那云梯月殿多劳攘，落得泪雨如珠两鬓霜。

几回梦里，忽闻鸡唱。忙惊觉错呼旧妇，同问寝堂上。待朦胧觉来，依然新人鸳帏凤衾和象床。怎不怨香愁玉无心绪？更思想被他拦挡，教我怎不悲伤？俺这里欢娱夜宿芙蓉帐，他那里寂寞偏嫌更漏长。

谩恒快，把欢娱翻成闷肠。菽水既清凉，我何心贪着美酒肥羊？闪杀人花烛洞房，愁杀我挂名金榜。蓦地里，自思量，正是归家不敢高声哭，只恐猿闻也断肠。

这些发自肺腑的心声，字字句句都表明蔡伯喈是一个多情多义之人，而绝不是一个无情无义的负心汉。蔡伯喈虽然身入官场，但是他一直是亲情难忘，恋情难忘。他辞官难辞，回乡难回。可怜，蔡伯喈！难啊，蔡伯喈！

三、蔡伯喈持守真情

对于《琵琶记》中的蔡伯喈，对于他的作为，人们的认识从来都不一致。有人甚至说"这个人物真是讨巧之极"：剧中写他未尽孝道，却不是他自身的责任。他辞考不从、辞婚不从、辞官不从。他从未愁过衣食，就是家中遇到灾荒，父母双亡，也有妻子替他操持，到头来他依旧身居高位，过着一夫二妻荣华富贵的生活。而且作者竭力祖护蔡伯喈，看上去一切过失错误，一切悲剧的发生，都不是蔡伯喈的责任。高明使用了各种完美的借口来为蔡伯喈辩解，因为高明是站在蔡伯喈的角度来写此剧本的。这种认识似乎在有意否认作者的良苦用心，否认蔡伯喈本来就不是一个反面人物，这种认识好像是说蔡伯喈本是一个不值得作者歌咏的，不忠不孝的人物。他们认为蔡伯喈是虚伪、

狡猾、势利的小人。蔡伯喈本心就想应考，骨子里就有着寒窗十年一举成名的热望，却偏不自己说出口，非得让他年迈的老父亲替他说出来，然后他好逃脱"不孝"的罪名。他本来就热衷功名富贵，却假惺惺要辞官，落得一个尽忠大孝的美名。辞婚也是一样，不过是做给人看的表面文章，实际他舍不得丢掉攀登高枝攀龙附凤的机会。这里且不说蔡伯喈为官辞官是真心抑或假意，就说他再娶牛小姐到底应该怎样看待。因为这是一个极富现实意义的问题。

曾有人说每一次社会大动荡之后，政治局面安定，经济复苏，社会就会为男人提供许多拼搏机会，去争取美好的前程。比如当代，20世纪70年代后期，十年"文革"浩劫结束，社会实行改革开放。由于在文革中风行的"读书无用论"被否定了，"血统论"被否定了，文化科学的价值被人们重新认识；"知识越多越反动"的谬论被否定了，知识就是力量被人们认可了。就在这样一个时期，出现了不少新时代的"蔡伯喈"。这些当代的"蔡伯喈"，他们或者是原本在城市生长，以后"上山下乡"，"被发配"到农村了；或者原本就是乡野土生土长的"秀才"，这时候乘着"拨乱反正"之风，借着国家重新开放大学招生的政策，从乡村回到城市，或者从乡村挤进了城市，再也不愿意返回到贫困的家乡去"革命"，去接受"贫下中农再教育"了。这些人抛弃了乡下的老婆，与其说他们是陈世美，不如说他们就是当代的蔡伯喈。对于这些新时代的"蔡伯喈"人们不歧视，多理解，多同情，因为他们是时代的产物，他们是时代政治的受害者。那么《琵琶记》中的蔡伯喈又何尝不是时代的产儿！人们为什么一定要对那个时代的蔡伯喈求全责备呢。

蔡伯喈娶牛小姐应该说可以理解，也情有可原，甚至无可非议。因为第一，蔡伯喈并没有忘记原来的妻子赵五娘，非但没有忘记，而且他还时时惦念。在五娘到京寻夫，两人相遇时，他们仍然是一往情

深。举例说赵五娘到达洛阳被牛小姐收留，牛小姐不知蔡伯喈心意，让五娘在她所绘双亲图像上题诗试探。牛小姐以话语旁敲侧击，故意刺激和试探蔡伯喈说："相公，你虽不学那不奔丧的，且如你这般富贵，腰金衣紫，假有糟糠之妇，褴褛丑恶，可不辱没了你。你不也索休了"。蔡伯喈闻言大怒，说："夫人，你说哪里话。纵是辱没杀我，终是我的妻房。义不可绝！"然后他有两曲【铧锹儿】道：

夫人，你说得好笑。可见你心儿窄小。我决不学那王允的见识，没来由漾却苦李，再寻甜桃。古人云弃妻止有七出之条。她不嫉，不淫与不盗，终无去条。那弃妻的众所诮，那不弃妻的人所褒。纵然他丑貌，怎肯相休弃了？

夫人，你言语颠倒。恼得我心儿转焦。莫不是你把咱奚落，特兀自妆乔。引得我泪痕交，扑簌簌这遭。这题诗的是谁，夫人他把我嘲，难恕饶。你说与我知道，怎肯干休罢了！

剧中在《书馆悲逢》一出写夫妻相会的场景不能不令人动情：蔡伯喈认出赵五娘说："呀，我道是谁，原来是你呵。娘子！你怎的穿着破袄，衣衫尽是素缟。莫不是我双亲不保？"

五娘说："官人，从别后，遭水旱，我两三人只道同做饿莩。"

蔡伯喈问："张太公曾周济你么？"

五娘说："只有张公可怜。叹双亲别无依靠。"

蔡伯喈问："后来却如何？"

五娘说："两口颠连相继死。"

蔡伯喈问："苦，原来我爹娘都死了。娘子，

《书馆悲逢》演出图

WEN

HUA

ZHONG

GUO

那时如何得殡殓？"

五娘说："我剪头发卖钱送伊妣考。"

蔡伯喈问："如今安葬了未曾？"

五娘说："把坟自造。土泥尽是我麻裙裹包。"

蔡伯喈感伤不已："罢了，听伊言语，怎不痛伤噎倒。"说完竟晕倒在地。他苏醒后痛哭失声。他所唱【山桃红】曲道：

> 蔡邕不孝，把父母相抛。爹爹，我与你别时，岂知恁地。早知你形衰耄，怎留圣朝。娘子，你为我受烦恼，你为我受劬劳。谢你葬我爹，葬我娘。你的恩难报也，做不得养子能代劳。

这些言语都表明蔡伯喈对妻子五娘一直满怀深情。而牛小姐更是对蔡伯喈和五娘连忙赔不是，说明是她爹牛太师设圈套，把蔡伯喈招到家中。她所唱【山桃红】曲："相公，你也说不早。况音信杳。姐姐，你为我受烦恼，为我守劬劳。相公，是我误你爹，误你娘，误你名不孝也。做不得妻贤夫祸少。"由此可知牛小姐的贤惠。接着她更劝丈夫蔡伯喈急上辞官表，一起回蔡伯喈家乡行孝道。她说："我岂敢惮烦恼，岂敢惮劬劳。同去拜你爹，拜你娘，亲把坟茔扫也。使地下亡灵安宅兆。"

蔡伯喈确实人在官场身不由己，再娶二房不是他的过错，不能简单地以他对爱情不忠，对妻子不忠加以谴责。他毕竟不是陈世美，毕竟也不是《赵贞女》中的那个蔡伯喈。《赵贞女》中的蔡伯喈无情无义，《琵琶记》中的蔡伯喈应该说是有情有义之人，是一个持守真情的重情之人。

当代又有多少新的"蔡伯喈"？试看上世纪七八十年代的"知识青年"下乡回城的，或者原本是农村知识青年有因缘融入城市者，有多少人不是回城后也重新娶了老婆成了新家吗？甚至有的把在乡下结婚所生的孩子叫做"孽子"，不认原来的老婆孩子。他们比《琵琶记》

中的蔡伯喈更不如，简直就是陈世美之流了。当然这也不能一概而论。各人有各人的情况，要做具体分析。那些当代能够城乡两妻皆能容纳者，也可谓街巷佳话了。问题是这里有一个当代法律——一夫一妻制。现实生活中有拿这法律条文为挡箭牌、遮羞牌，为自己用情不专、喜新厌旧辩解者；也有不顾法律条文，明里暗里相爱相守者——一男两女，一女两男，等等。蔡伯喈的时代允许一夫多妻，所以更不能以"忠"或"不忠"来评价他的婚姻生活。

四、蔡伯喈情深义重

我们说蔡伯喈能够持守真情，是一个情深义重的人，但是有人与我们的看法也不一致。他们以为蔡伯喈既不忠也不义，他无情无义、虚伪矫情、唯利是图、自私自利、贪图享乐，是一个应当被唾弃的小人。理由就是他口中说孝顺父母，不想功名，可是还是抛弃八十多岁的父母一人远奔了。儒家经典教训说"父母在，不远游"，他不懂吗？是有功利熏心的老爸逼迫，可是也有敦厚的老妈苦苦哀求啊。为什么他就不听老妈的话，偏听老爸的话？那还是老爸的话对他心思，正中下怀啊。作者高明为蔡伯喈的不忠不孝无情无义的无耻行径找借口，编造出什么"三不从"的理由为蔡伯喈进行辩护，只能欲盖弥彰。看人就得看本质，不能被他表面花言巧语所蒙蔽。蔡伯喈全忠全孝的结果是怎样的？还不是父母被饿死，他一面未露；还不是妻子赵五娘受尽凄苦，到京城去寻他；还不是因为牛小姐宽容善良才使得蔡伯喈跟五娘相会。他做了什么忠义重情之事？没有！没有！

类似这种对蔡伯喈的苛责几百年来一直不断。这其中实在是对蔡伯喈有不少误解。"朝为田舍郎，暮登天子堂。将相本无种，男儿当自强。"这是古代社会许多普通人的美好梦想，他们都梦寐以求希望通过

读书改变自己一生的命运。应该说蔡伯喈也是怀着这种梦想过日子的，他的父亲更是把改变门风的希望寄托在他的身上。但是同时他也背着沉重的思想包袱——那就是父母在不远游要孝敬父母在前，求取功名富贵在后。他所言："虽然读万卷书，论功名非吾意儿。只愁亲老，梦魂不到春闱里。便教我做到九棘三槐，怎撇得萱花椿树。天那！我这衷肠，一点孝心对谁语？"我们以为并不是虚情假意。至少他没有像某些势利熏心之人那样到处钻营，汲汲于富贵功名。相比他显得恬淡安然。相比，蔡伯喈更知道以情义为重。

蔡伯喈的父亲不理解他的孝心，急切地望子成龙，同时把蔡伯喈的以孝为先，从后图功名，理解为不思进取，贪恋新婚的男欢女爱。封建社会的家长制是儿子必须听从父命的。那时的父母将自己的意志强加在子女身上都以为是理所当然，蔡父或是急切希望由儿子来实现自己未竟的理想，从而改换门庭。蔡父的"逼迫"在剧中表现得是很清楚的。某些人说蔡伯喈要是真孝，就应该对蔡父的"逼迫"不予理睬。这话说着容易，其实是很难做到的。因为那是封建专制社会，儿子对父亲是要绝对服从的。在家庭里父亲就是一家之长，妻子儿女对他都必须言听计从。虽然蔡母不愿意儿子离家，但是也做不了主，她也无法说服固执的丈夫。蔡父声称："萱室椿庭衰老矣，指望你改换门闾。孩儿，你道是无人供养我，若是你做得官来时节呵，三牲五鼎供朝夕，须胜似啜菽并饮水。你若锦衣归故里，我便死呵，一灵儿终是喜。"既然老爸都发话说，就是他死了，进到坟里也要看儿子功成名就，蔡伯喈还能怎样？他也就只好辞别双亲，辞别新婚两个月的妻子赵五娘，不无惆怅地惜别而去。

古今有很多书生都是心急火燎，盼望尽早尽快离家，他们盼望功名富贵如饥似渴。像蔡伯喈这样被人逼赶着上考场的，并不多见。在作者笔下，蔡伯喈从一开始就与众不同。他尽管自知求取功名对他来

说不是难事，也怀有一举成名天下知的愿望，但是他并不急于求成，急于进取。因为他心中首先想到的不是个人功名，而是父母家庭，是他作为人子应该如何尽孝。假如不是老父一再紧逼，蔡伯喈就不会离家，也就不会发生以后许多事故。他和恩爱的妻子赵五娘也就不会生生分离，发生以后许多凄苦的故事。也就是说，蔡伯喈是一个有情有义的男儿。

蔡伯喈不仅有情有义，而且对父母、对妻子、对家庭，情深义重。且看蔡伯喈考中状元为官之后的表现。有人以为蔡伯喈滞留京都再娶丞相之女就是无情无义的负心汉，就是贪图功名富贵忘恩负义的势利小人，那么蔡伯喈是否忘本？是否唾弃自己的结发妻子？是否留恋富贵嫌贫爱富？是否忘记含辛茹苦的爹娘？当今一些从穷困地区走出来的学子，他们一到大城市，一旦进入高等学府，就再也不愿回望自己的家乡。有的父母辛苦打工，以至卖血，给他们交纳学费，供他们读书，当父母想念他们想去看望他们时，有的人甚至不认父母，将自己父母说成是陌生人，或叫花子。对于以前在乡下交往的女友那就更不放在眼里，不放在心上了。相比这些忘本的无情的学子们，蔡伯喈应该说是值得我们学习的榜样。

请看，蔡伯喈离家为官后，一直在思念父母爱妻。第二十六出《拐儿绐误》，蔡伯喈所唱【凤凰阁】曲道："寻鸿觅雁，寄个音书无便。谩劳回首望家山，和那白云不见，泪痕如线，想镜里孤鸾影单。"这是明明白白对妻子的无限思念。他托人捎信给家里，【下山虎】曲道："男邕百拜大人尊前，一自离膝下，顿经数年。目断万里关山，镇日望悬。一向那堪音信断，名利事，叹牵绾，谩劳珠泪涟。上表辞金殿，要辞了官，争奈君王不见怜。"这是对父母真诚的惦念。【驻马听】曲则表达得更清楚：

书寄乡关，说起教人心痛酸。乡亲，传示俺八旬爹妈，道与

121

真情持守

凄苦缠绵
《琵琶记》

WEN

HUA

ZHONG

GUO

俺两月妻房，隔涉万水千山。啼痕绒处翠绡斑，梦魂飞绕银屏远。

这里蔡伯喈对父母妻子家庭的思念溢于言表，这绝不是做作，不是虚伪，而是他情深义重的真实表现。

在蔡伯喈与牛小姐婚后，值中秋赏月，如果蔡伯喈对家乡父母妻子没有思念，他就会忘乎所以，陶醉于跟牛小姐的欢爱之中。事实上，中秋佳节，蔡伯喈并不欢愉，正如古语所言——每逢佳节倍思亲。蔡伯喈被牛小姐叫来赏月，他想的却是："逢人曾寄书，书去神亦去。今夜好清光，可惜人千里。"望月生情，他的感受是："孤影，南枝乍冷。见乌鹊缥缈，惊飞栖止不定。万点苍山，何处是修竹吾庐三径。追省，丹桂曾攀，嫦娥相爱，故人千里谩同情。"正因为他对家乡父母妻子思念不已，所以他才托人捎书，因为不得亲人消息，所以他常"闷怀堆积"。他有一首【生查子】词道："封书寄远人，寄上万里亲。书去神亦去，兀然空一身。"他说："自家喜得家书，（他并不知道他所得到的'家书'是拐儿伪造）报道平安，已曾修书附回家去。不知何如？这几日常怀想念，翻成愁闷。正是虽无千丈线，万里系人心。"他思念亲人的两首【解三酲】表现他的情深义重最鲜明：

> 叹双亲把儿指望，教儿读古圣文章。似我会读书倒把亲撇漾。少甚么不识字的，到得终奉养。书呵，我只为其中自有黄金屋，反教我撇却椿廷萱草堂。还思想，毕竟是文章误我，我误爹娘。

> 比似我做个负义亏心台馆客，到不如守义终身田舍郎。白头吟记得不曾忘，绿鬓妇何故在他方？书呵，我只为其中有女颜如玉，反教我撇却糟糠妻下堂。还思想，毕竟是文章误我，我误妻房。

在这里，蔡伯喈已经表现出他深深的懊悔。"文章误我，我误爹娘"，"文章误我，我误妻房"，这种深深的自责也只能说明他对家庭、对父母、对妻子情深义重。

五、蔡伯喈两难选择的悲剧

《琵琶记》作者是怀着深切同情之心塑造他心目中的"全忠全孝"书生蔡伯喈的形象的。因为在他以前的民间戏剧和说唱曲艺中已经塑造了一个遭人唾弃的负心汉蔡伯喈，他要塑造一个全新的蔡伯喈，就是要为那个负心汉形象全面翻案。他不仅要写蔡伯喈不负心，而且要写蔡伯喈"全忠全孝"。可贵的是作者高明是一个忠实于现实生活的剧作家，他并没有胡编乱造，而是真实反映了他那一时代书生的可贵气质与软弱无奈的矛盾心理，写出了蔡伯喈的两难处境和他的悲剧情怀。

有人说蔡伯喈要是真孝子就不应该去赶考，他要是孝顺儿子就应该坚持在家奉养父母。虽然他父亲以言语相激，甚至责怪，但是腿长在他自己身上，他就是不去，也没有人绑捆他去赶考啊。说来道去，还是他自己本心就想去赶考。但是我们要问：蔡伯喈就不该去赶考吗？他去赶考就是犯了大错吗？去赶考就是不孝吗？实际去赶考和在家奉养年迈父母就是作者为蔡伯喈设计的第一道难题。这道难题的破解过程就是初步展现蔡伯喈人品性格的过程。读者已经知道蔡伯喈最终选择了离家赶考的道路，也就是选择了"十年窗下无人问，一举成名天下知"的道路，选择了"读书做官衣锦荣归"的人生之路。这条路的选择是他自己的意愿，也是他父亲的意愿，是当时的社会共识。所以说蔡伯喈的选择是明智的，没有错误的，是符合时代要求的。就是在当今千千万万"书生"仍然在走着蔡伯喈曾经选择的，走过的道路。试看每年高考，各省各地的高考"状元"们是多么荣光，他们不也是"十年窗下无人问，一举成名天下知"吗？看看各种媒体对当今"状元"的宣传采访报道，恐怕比之于古代状元的宣传有过之而无不及。那些状元的家长和他们所在的学校不都是感到无限荣光吗？

真情持守

凄苦缠绵
《琵琶记》

WEN

HUA

ZHONG

GUO

蔡伯喈去应考了，一考还就中了状元，命运也由此发生了转变。但是蔡伯喈也就陷入新的两难处境中。一方面蔡伯喈难以忘怀父母妻子，另一方面他也被京城新的生活，官场生活所吸引。无疑，蔡伯喈考中状元心中自是无比喜悦，就是今天的中学生考上名牌大学，当得到录取通知时也会情不自禁地欢呼雀跃。至于考上研究生、博士生的，那更是举家欢庆。这一点古今考生心理相同，社会赞誉相同。问题是蔡伯喈考中了，当官了，自己的愿望实现了，父亲的期望落实了，他原以为可以衣锦还乡光宗耀祖了，没有料到的是当朝太师为女儿相亲看上了他。他一开始坚决拒绝，声称自己已有妻室。他甚至想辞官回乡，也不愿再娶。在《丹陛陈情》一出，蔡伯喈反复叙说："议郎臣蔡邕启，今日蒙恩旨，除臣为议郎之职。重蒙赐婚牛氏。干渎天威，臣谨诚惶诚恐，稽首顿首。伏念微臣，初来有志诵诗书，力学躬耕修己，不复贪荣利，事父母，乐田里，初心愿如此而已。不想州司，谬取臣邕充试，到京畿，岂料蒙恩叨居上第。""重蒙圣恩，婚赐牛公女。臣草茅疏贱，如何当此隆遇？况臣亲老，一从别后，光阴又几。庐舍田园，荒芜久矣。"他说："臣享厚禄，挂朱紫，出入承明地。惟念二亲寒无衣，饥无食，丧沟渠。忆昔先朝，朱买臣守会稽，司马相如持节锦归。""若还念臣有微能，乡郡望安置。庶使臣，忠心孝意得全美。臣无任瞻天仰圣，激切屏营之至。"

可是皇帝并不听蔡伯喈的叙说，竟下圣旨说："孝道虽大，终于事君，王事多艰，岂遑报父。朕以凉德，嗣续丕基。眷兹警动之风，未遂雍熙之化。爰招俊髦，以辅不逮。咨尔才学，允惬舆情。是用擢居议论之司，以求绳纠之益。尔当恪守乃职，勿有固辞。其所议姻事，可曲从师相之请，以成桃夭之化。钦予特命，裕汝乃心。谢恩！"

　　尽管蔡伯喈当即说他情愿不做官，然而圣旨谁敢违抗，又怎能违抗。蔡伯喈是一介书生，读书做官是他人生的理想之路，当他刚刚实现自己的理想时，就遇到了他想也没有想过的问题。实在是叫他很为难。他思前想后，忠、孝不能两全。封建伦理本身难周全的矛盾使他几乎无所适从。他想努力按照伦理纲常行孝，但从君从父的伦理要求，使他难以单纯行孝，他不能违抗父命，更不能违拗君命。当他得知家庭的灾难，父母的离去，他又深感难辞其咎。所以蔡伯喈始终处于矛盾纠葛的夹缝之中，怎么做他都难以两全。

　　蔡伯喈是人不是仙，他也有七情六欲。既然圣旨命他与牛小姐成婚，一个新科状元得意之时，难免会因与当朝丞相家结亲而自豪。所以他在入赘相府的那一刻，情不自禁唱【画眉序】道："攀桂步蟾宫，岂料丝萝在乔木。喜书中今朝有女如玉，堪观处丝幕牵红，恰正是荷衣穿绿"。但是就在新婚之时他也是左右为难，一方面他是兴奋快乐，另一方面他也真的愁绪满怀。紧接着【画眉序】一曲的【滴溜子】则又是别一样情调："谩说道姻缘事，果谐凤卜。细思之，此事岂吾意欲？有人在高堂孤独。可惜新人笑语喧，不知我旧人哭。兀的东床难教我坦腹"。可以说，《琵琶记》真实描绘了儒生蔡伯喈委曲求全的软弱性格，正是他的这种性格造成了他的悲剧遭遇。中国古代的读书人，受到传统的道德伦理制约，被儒家思想约束，大多软弱，中庸，具有一定的奴性，不敢与不合理的现实斗争，"既在矮檐下，怎能不低头"就是他们的辩护词。结果往往是陷于悲剧的境地而常常处于痛苦之中，难以自解。因此，蔡伯喈的形象，具有相当典型的意义。

　　然而蔡伯喈的悲剧是性格的悲剧，同时也是社会悲剧、时代悲剧。封建伦理是统治者赖以维护封建秩序的支柱。儒家以血缘为基础，制定了一套君臣父子的伦理纲常，规范人们的行为，以求实现社会秩序

WEN

HUA

ZHONG

GUO

的稳定和谐。然而，伦理纲常本身就有矛盾在，"忠孝不能两全"，就常使人陷入两难的境地。蔡伯喈服从了皇帝朝廷，便照顾不了父母家庭；反过来，他要做"孝子"，便做不了"忠臣"。至于个人的意愿，更遭到无情的践踏。这一来，努力按照伦理纲常行事的蔡伯喈，天然就背负了一种社会悲剧的因由。

第三十八出《张公遇使》曾借张广才之口痛责蔡伯喈"三不孝"之罪——生不能养，死不能葬，葬不能祭。虽然经李旺说明情况张太公谅解了蔡伯喈的无奈，但是蔡伯喈在"三不从"面前的屈从，也恰恰说明了蔡伯喈的两难以及他的软弱。在父亲逼试时，"父母在，不远游"的观念深深扎根在他心底，蔡伯喈也曾徘徊犹豫，一方面难舍新婚的妻子，一方面牵挂年迈的爹娘，但蔡父以立身扬名、光宗耀祖为"大孝"严令蔡伯喈进京求取功名，蔡伯喈顺从父愿，离家而去，这就是全剧的悲剧起因。表面看是蔡伯喈软弱，实际上封建道德价值取向才是根本原因。此后蔡伯喈始终是充满矛盾的，他也曾为自己抗争过：辞试，父不从；辞官，皇帝不从；辞婚，丞相不从。在封建思想与皇权统治者"三不从"的禁锢下，蔡伯喈只能成为家庭悲剧的直接责任人。但是仔细推敲，则可以得知，其家庭悲剧的根源在于社会，在于时代。因此《琵琶记》所写不仅是蔡伯喈一人的悲剧，一家的悲剧，也是封建文人的共同悲剧，是那个时代的悲剧。

第八章

牛小姐情寄无奈

127

真情持守
凄苦缠绵
《琵琶记》

WEN

HUA

ZHONG

GUO

一、牛小姐不知是"第三者"

　　《琵琶记》中女一号自然是赵五娘，牛小姐只能是女二号。但是这个女二号对于剧情发展却有着至关重要、推波助澜的作用。而且她与男一号蔡伯喈和女一号赵五娘有着极其密切的关系。她还代表着古代社会女性中为数不少的一类人，这类人在当今社会依然为数不少——就是民间俗称的"第三者"。牛小姐在赵五娘之后也嫁给了蔡伯喈，而且她深爱蔡伯喈，又同情赵五娘，并且帮助赵五娘与蔡伯喈相会。正是因为有牛小姐的参与，蔡伯喈与赵五娘的悲剧生活才有了几分亮丽的色彩，添了几丝喜悦。但是就牛小姐本人的遭际，却又不能不说有很多悲情，令人叹惋不已。

　　我国古代男人可以同时与多名女子共同以夫妻名义生活，其中除

一原配夫人，也就是正室，即妻子以外，其他女人统称为妾，近代则称作姨太太。妾或者姨太太可以理解为"第三者"。我们说在《琵琶记》里出现的牛小姐就是一个"第三者"角色。《琵琶记》作者所写的这个"第三者"却是有情有义，贤惠开明的形象。而且这个"第三者"和赵五娘共有一个丈夫，生活得还很和睦。但是牛小姐是甘愿担当"第三者"角色的吗？回答当然不是，因为她一开始并不知道自己嫁给蔡伯喈就要充当"第三者"的角色。

牛小姐出身高贵，知书达理，她对未来也有着自己的憧憬。她生得十分貌美，性情温柔，家教甚严，大门不出二门不迈。作为大家闺秀千金小姐，她的人生命运往往决定于他的夫君。特别是她的母亲已经去世，她的父亲又是当朝太师，所以她的父亲为她选定的夫君标准，必须是状元。他的意思就是——只将女儿嫁个读书君子，成就她做个贤妇。牛小姐长在深闺，连到花园玩耍都被父亲训斥，牛太师训斥家人和女儿说："孩儿，妇人之德，不出闺门。你如长成了，方才有媒婆来与你议亲。今日是我的孩儿，异日做他人的媳妇。我这几日不在家，你却放姥姥惜春每都到后花园中闲耍，不习女工，是何道理？""姥姥你年纪大矣，你做管家婆，倒哄着女使们闲耍，是何所为？"

就是在这种家教下，牛小姐行事循规蹈矩，就是在她的婚姻大事上，她也是听凭父亲做主。父亲叫他嫁于状元郎，她也不加反对，因为在古代男女婚姻之事，并不像当今由青年男女自己做主，而是要听从父母之命媒妁之言。受传统礼教束缚的牛小姐并没有自己选择的自由。但是她作为一个人，却有着本能的自尊。牛太师在派人向新科状元蔡伯喈提亲时，遭到蔡伯喈的拒绝，牛太师不依不饶。这时候牛小姐的态度却与父亲不同了。在《金闺愁配》一出，牛小姐一出场即唱出一曲【剔银灯】："忒过分爹行所为，但索强全不顾人议。背飞鸟硬求来谐比翼，隔墙花强扳来做连理。姻缘，还是怎的？"但是作为当事

人，她觉得自己不好跟父亲开口，阻止父亲别去强迫蔡伯喈。牛小姐此时对婚姻的态度在今天看来也是正确的，明智的。她说："姻缘姻缘，是非偶然。好笑我爹爹定要将奴家招赘蔡状元为婿。那状元不肯，俺这里也索罢了。谁想爹爹苦不放过。天哪，他既不肯，便做了夫妻，到底也不和顺。"

婚姻事夫妻情，要在两情相悦，彼此情愿，才会和谐，可怜牛小姐都明白的事理，偏偏官居高位的牛太师不明白。他也许不是不明白，而是一心要争回他的面子，赌一口气——他太师出口说定的事情，怎能容得有人拒绝。这一点连牛府的管家婆都看得很清楚。要是传出去说相府小姐不能嫁于状元，被人拒绝，这相府的颜面何在？小姐颜面何在？可是牛小姐却很为状元郎着想，说人家不同意一定有不同意的缘由。其【桂枝香】曲道："百年姻眷，须教情愿。他那里抵死推辞，俺这里不索留恋。想他每就里，有些儿牵绊。怕恩多成怨。满皇都少甚么公侯子，何须去嫁状元？""姻缘须在天，若非人意，到底埋冤。料想赤绳不曾绾，多应他无玉种蓝田。休强把姮娥付与少年。"

由此，可以很清楚地知道牛小姐的婚姻观是主张男女双方两厢情愿。她深知强扭的瓜不甜，就是父母之命媒妁之言也需要当事人心甘情愿。缘分在天，也需要人有情意。如果牛太师能够尊重女儿，跟女儿一样见识，就好了。可惜牛太师虽说是疼爱女儿，可他更在乎自己的权威面子，他就要说一不二。你个状元不听安排，他就搬出皇帝圣旨来压服蔡伯喈，使得蔡伯喈无奈，只得娶下牛小姐。在这种情势下牛小姐也是无奈嫁给了蔡伯喈，她更不知道自己糊里糊涂就做了"第三者"。可想而知两个无奈之人如果相互埋怨，婚后生活也难以圆满。幸而牛小姐并不倚仗娘家权势颐指气使欺侮丈夫，她温柔贤惠，因此婚后生活还算融洽。

129

真情持守
凄苦缠绵
《琵琶记》

WEN

HUA

ZHONG

GUO

二、牛小姐心态平和

牛小姐跟蔡伯喈结婚之时并不知道蔡伯喈原有妻室，蔡伯喈也没有跟牛小姐说明。但是蔡伯喈对妻子赵五娘深怀感情，念念不忘，自然会被牛小姐觉察。《琴诉荷池》一出蔡伯喈鼓琴解闷，牛小姐不解蔡伯喈的情愁，本想跟蔡伯喈一起娱乐，让蔡伯喈弹奏一些欢快的琴曲，蔡伯喈就是弹不来。他道："强对南薰奏虞弦，只觉指下余音不似前，那些个流水共高山。呀，只见满眼风波恶，似离别当年怀水仙。""顿觉余音转愁烦，似寡鹄孤鸿和断猿，又如别凤乍离鸾。呀，只见杀声在弦中见，只是螳螂来捕蝉。"牛小姐兴致勃勃听丈夫弹琴，不想蔡伯喈却话里有话，弦外有音，句句说的都是双关语。

牛小姐叫蔡伯喈弹曲，蔡伯喈却一再出错。牛小姐不高兴了，说："相公，你又弹错了。你如何怎的会差？莫不是故意卖弄，欺侮奴家？"

蔡伯喈回答："岂有此心，只是这弦不中用。"

牛小姐问："这弦怎的不中用？"

蔡伯喈回答："俺只弹得旧弦惯，这是新弦，俺弹不惯。"

牛小姐问："旧弦在哪里？"

蔡伯喈回答："旧弦撤下多时了。"

牛小姐问："为甚撤了？"

蔡伯喈回答："只为有了这新弦，便撤了那旧弦。"

牛小姐问："相公为何不撤了新弦用那旧弦？"

蔡伯喈回答："夫人，我心里岂不想那旧弦，只是新弦又撤不下。"他又一支【桂枝香】曲道：

夫人，旧弦已断，新弦不惯，旧弦再上不能，待撤了新弦难弃。我一弹再鼓，一弹再鼓，又被宫商错乱。

说到此，聪慧的牛小姐自然敏感地觉察出丈夫一定有什么隐瞒，所以她单刀直入，发问："相公，我看你多敢是想着谁！"蔡伯喈则不敢直言，支支吾吾加以否认。牛小姐不加追究，但是她心里却一直有疑问，直到有一天她终于知道了丈夫心中的隐秘。她说："相公，我怪得你终朝颠暗，只道你缘何愁闷深，教咱猜着哑谜，为你沉吟，那筹儿没处寻。我和你共枕同衾，你瞒我则甚。你自撇了爹娘媳妇，屡换光阴。他那里须怨着你没音信，笑伊家短行，无情忒甚到如今。兀自道且说三分话，未可抛却一片心。"原来蔡伯喈担心牛小姐的父亲威势逼人，不敢说家中实际情况。牛小姐得知丈夫心中的顾虑，立即表示她要跟父亲说明丈夫家中的情况，跟丈夫一起回家乡。蔡伯喈则劝牛小姐不要去说，他知道牛太师是绝不会放他回乡的。牛小姐则安慰丈夫说："不妨事，我爹爹身为太师，风化所关，具瞻在望，终不然恁的不顾仁义。"此时牛小姐已经知道她是次妻，她丝毫没有恼怒，没有嫉妒，没有争风吃醋，她心态平和，表现出对丈夫和丈夫家事的真诚关心。

　　牛小姐向父亲说明丈夫终日心情不快的原因："告爹爹：他娶妻六十日，即赴科场；别亲三五年，竟无消息。温情之礼既缺，伉俪之情何堪！今欲归故里，辞至尊家尊而同行，待共事高堂，执子道妇道以尽礼。"不料牛太师闻言大怒，他说："呀，我乃紫阁名公，汝是香闺艳质，何必顾此糟糠妇，焉能事此田舍翁？他久别双亲何不寄一封之音信，汝从来娇养，安能涉万里之程途？休惑夫言，唯从父命！"牛小姐反驳父亲说："爹爹，曾观典籍，未闻妇道而不拜舅姑。试论纲常，岂有子职而不事父母？若重唱随之义，当尽定省之仪。彼荆钗布裙，既已独奉亲闱之甘旨，此金屏绣褥，岂可久恋监宅之欢娱。爹爹身居

WEN

HUA

ZHONG

GUO

相位，坐理朝纲，岂可断他人父子之恩，绝他人夫妇之义。使伯喈有贪妻之爱，不顾父母之愆，使孩儿坐违夫之命，不事舅姑之罪。望爹爹容恕，特赐矜怜。"牛小姐之父却问："他既有媳妇在家，你去做甚么？"牛小姐回答得好，【狮子序】曲道：

> 爹爹，他媳妇虽有之，念奴家须是他孩儿次妻，那曾有媳妇不侍亲闱？若论做媳妇的道理，须当奉饮食，问寒暄，相扶持蘋蘩中馈……

行孝并不是意味着一味地顺从，还要争其不义，这样既不会违背正确的价值与伦理，也不会陷长辈于不义，这是对于孝道的补充与完善。牛太师出于爱女之心，不想放牛小姐跟蔡伯喈一同回家乡，牛小姐指出蔡伯喈当初求科举，指望的是衣锦还乡，并不曾想被牛太师强留为婿。牛太师不承认他强迫，说蔡伯喈也愿意，不然怎么成婚，牛小姐却一针见血指出蔡伯喈当时"只要保全金榜挂名时"，蔡伯喈不过是"事急且相随"，所以婚后丈夫才郁郁寡欢。牛太师说女儿只听丈夫蔡伯喈的话，不听他的，他可以叫蔡伯喈做个大大的官职。可是牛小姐说蔡伯喈一心想回家乡，她也要跟随前往。牛太师指责女儿真是"痴迷"，说蔡伯喈家乡有媳妇，牛小姐回去也是多余，就让蔡伯喈自己回去算了。可是牛小姐说夫唱妇随，嫁鸡随鸡，自己就是蔡伯喈的媳妇，并且指责爹爹说话"伤风败俗"，惹得牛太师很不高兴。

牛小姐劝不动说不服爹爹，竟然萌发轻生之念。她对蔡伯喈说："相公，妾当初勉承父命，遣事君子。不想君家有白发之父母，青春之妻房，致君衷肠不满，名行有亏。如今思之，误君之父母者，妾也；误君之妻房者，妾也；使君为不孝薄幸之人，亦妾也。妾之罪大矣！纵偷生于今世，亦公议所不容。昔者聂政姊倚死尸以成弟之名；王陵母死，伏剑下以全子之节；妾岂爱一身，误君百行！妾当死于地下，以谢君家，小则可以解君之萦挂，大则可以救君之父母，近则可以成

孝子之全名，远则可以遗后世之公议。妾死何憾焉?"这番言论足以说明牛小姐虽然知道她就是妾，但是她既嫁给了蔡伯喈，就把蔡伯喈当成自己的丈夫，毫无二心。她不计较自己是妾，不计较她的家庭地位如何，只是真心善待丈夫，要尽做媳妇的义务和责任。更可贵的是她又没有一定要把自己"转正"的私心杂念，这从她对待赵五娘的态度上可以看得很清楚。

三、牛小姐与赵五娘和睦相处

牛小姐开始不知自己是"第三者"，后来知自己是处于"第三者"的地位，就有一个怎样与丈夫的原配妻子赵五娘处理关系的问题。人类几千年形成的性心理习惯，有一种传统的要求，即性伴侣在一定时期内的排他性，或者说唯一性。持有这种传统观念和心理的人，对自己的配偶与第三人发生性关系一般都会无法忍受，于是经常会爆发种种争斗甚至酿成无可挽回的人生悲剧。

当今中国的国情是对于性行为基本还处于传统理念中，"第三者"插足、婚外同居等婚外性行为是不合法的，法律严格保护一夫一妻制。传统家庭观念要求夫妻双方都对家庭关系的稳定自觉承担责任，不允许"第三者"插足。但是在古代的中国，一夫多妻制是合法的，也就是说，一个男人可以娶多个女人，因为那是男权社会，女人一般都处于男人的从属地位。就是这样，法律也还是保护原配夫妻的权利和地位，除了正室，其他女人，一律称为侧室、填房，也就是"妾"。男人可以妻妾成群，但是妻子则是家中众多女人的首领和总管，在女人群中具有至高无上的地位。这正如皇宫里皇后只能有一人，其他女人都只能称为妃子。不仅女人地位等级在家中有严格区别，就是女人所生的孩子地位也不相同，只有妻子所生为嫡亲，其他则都是庶出。这自

133

真情持守
凄苦缠绵
《琵琶记》

WEN

HUA

ZHONG

GUO

然是为了维护封建社会的秩序所规定的一套法律制度。就是在这样的规定下，不甘居于下位的妾们往往依仗丈夫的宠爱，搬弄是非，制造事端，搅乱秩序，目的就是觊觎那"正妻"的地位，希冀有一天自己能够"转正"。这在皇家最突出的例子莫过于武则天和慈禧了。在普通官宦人家和百姓家庭侧室夺正的事例更是举不胜举。当然这首先要得到丈夫的支持或默许。这样的丈夫多是负心汉，民众大多对这样的丈夫，对于破坏他人家庭的"第三者"，是嗤之以鼻的。

可是"第三者"能够跟妻子共同跟一个丈夫和谐共处吗？也就是说妻妾能够和睦吗？答案肯定是因人而异。一个男人两个女人和谐相处和睦生活这样的例子，古代有，在现实生活中也不是没有。那要妻子跟"第三者"两人都能宽容。《琵琶记》里所描写的牛小姐跟赵五娘就是这种和睦相处的典范。

首先牛小姐深爱她的丈夫蔡伯喈。正是基于这一点，她对丈夫的遭遇深感同情，理解。对于丈夫在结婚时隐瞒了他原有妻子的事实她毫不怪罪，不仅不怪罪，她还要丈夫不能忘记原配妻子，甚至自责正是因为丈夫又娶了她才使赵五娘在家受罪。对于赵五娘孤身在家侍奉公婆，牛小姐深表敬佩，由此她对赵五娘深怀愧疚，由她内心发出的一种情感就是希望丈夫与赵五娘重新会合。所以当赵五娘寻夫到达京城后，因缘巧合牛小姐竟把赵五娘接到了家里，在牛小姐家有一段两人的对话：

赵五娘："贫道非因抄化来，却是寻取丈夫。"

牛小姐："原来如此。道姑，我且问你，你丈夫姓甚名谁？"

赵五娘心想，夫人问我丈夫姓名，若直说出来，恐怕夫人嗔怪，若不和她说，此事又终难隐忍。我如今日把蔡伯喈三字拆开与她说，看她意儿如何，再作道理。她说："夫人，贫道丈夫姓祭，名白谐。人人都说道在牛府中廊下住，敢是夫人也知道？"

牛小姐："我哪里知道？"

于是牛小姐询问家人是否知道，家人也都说没有这么一个人。牛小姐劝赵五娘到别的地方再去打听，赵五娘却说，人人都说就在府里廊下住，现在都说没有这个人，他是不是死了啊？要是他死了我可依靠谁啊！说着就哭起来。这时候牛小姐还是出于恻隐之心，说："可怜这妇人，你且不须愁烦，权住在府中。我着院子到街坊上访问你丈夫踪迹，你意下如何？"赵五娘正是求之不得，立即表示感谢。但是牛小姐告诉赵五娘要在府中居住，必须换下她身上穿的衣服。赵五娘却不答应，她告诉牛小姐，她有十二年大孝在身，不能换衣服。牛小姐奇怪了，问："大孝不过三年，如何有一十二年？"赵五娘于是解释说："贫道公公死了三年，婆婆死了三年，薄幸儿夫久留都下，一竟不还。替他带六年，共成一十二年"。牛小姐深有感慨地说："咳，有这样孝行的妇人！"但是她还是向赵五娘解释说：尽管五娘有如此苦衷，但是相府太师讨厌像五娘这样的衣着打扮，所以要留在府中，就必须换装。五娘无奈只得接受。牛小姐一曲【二郎神】唱道：

> 嗟呀，他心忧貌苦，真情怎假。只为着公婆珠泪堕，道姑，我公婆自有，不能够承奉杯茶。你比我没个公婆得承奉呵，不枉了教人做话靶。

对于五娘侍奉公婆的孝心孝行，牛小姐深深敬佩，同时为自己不能孝敬公婆感到不安。她进而询问五娘的公婆是怎么去世的，五娘回答一曲【啭林莺】："苦，荒年万般遭坎坷，丈夫又在京华。糟糠暗吃担饥饿，公婆死，卖头发去埋他。把孤坟自造，土泥尽是我麻裙包裹。"牛小姐听到这里不信，说五娘自夸。五娘说不是自夸，自己手指挖土血染衣麻。牛小姐听着不免泪水滚落。五娘问牛小姐为何落泪，于是牛小姐讲述了蔡伯喈的经历，说蔡伯喈本来要辞官回家，可是被她爹爹拦阻，他有爹娘，妻子，现在正派人去接来团聚。于是赵五娘问牛小姐说:"他那里既有妻房,取将来怕不相合。"牛小姐却胸襟坦荡地回答:"道姑,但得他似你能捱靶,我情愿让他,居他下。"面对牛小姐的坦言,赵五娘不再隐瞒,直接说出了自己的身份。牛小姐赶紧让赵五娘上坐,给赵五娘行礼。她很歉然,对五娘说:"一样做浑家,我安然,你受祸;你名为孝妇,我被旁人骂。公死为我,婆死为我。姐姐,我情愿把你孝衣穿着,把浓妆罢。"牛小姐怕丈夫嫌五娘衣衫褴褛,认不出她,或不肯相认,于是她出主意给五娘,让她到书馆中写诗试探蔡伯喈,用言语打动蔡伯喈。

赵五娘听从了牛小姐的劝告,终于因写诗题与丈夫蔡伯喈相会。牛小姐这样无心争位的妾,再遇到贤惠的,毫无嫉妒心的正妻赵五娘,两人以姐妹相称,使得蔡伯喈的家庭毫无争端,彼此和睦。

四、牛小姐的苦衷与无奈

牛小姐虽为妾,但是她甘居妾位,不与正妻相争。尤其是她出身高贵,父亲有权有势,她又是奉圣旨和蔡伯喈成婚,却能对平民出身,家庭没有背景的正妻赵五娘俯首称小,更是难得。

在蔡伯喈要带着五娘和牛小姐回家乡为父母祭奠时,他们向牛太师辞行。牛小姐主动对其父讲:"孩儿有一事,拜复爹爹知道:娶妻所以养亲。孔子云:'生事之以礼,死葬之以礼,祭之以礼。'若姐姐为蔡氏之妇,生能竭奉养之力,死能备棺椁之礼,葬能尽封树之劳。孩儿亦为蔡氏妇,生不能供甘旨,死不能尽躄踊,葬不能事窀穸,以此思之,何以为人?诚得罪于舅姑,实有愧于姐姐。今特讲于爹爹之前,愿居于姐姐之下。"

尽管这一切似乎都是牛小姐自觉自愿,实在她也是出于无奈,自有她的苦衷。在封建礼教尊卑分明的制度下面,她就是一个妾,古人

正当纳妾一般丈夫也要征得妻子的同意，希望妻子不妒。若室有妒妇，便生出无限烦恼。不妒也是为人妇者之美德。中国传统礼教中，要求女性遵从"三从四德"，这也就是封建女性立身的根本。所谓"三从"，是指：未嫁从父，既嫁从夫，夫死从子。所谓"四德"是指：德、容、言、工。娶妻，为嗣续计也。因妻无子而娶妾，亦为嗣续计也。正是这"三从四德"使得牛小姐万般无奈。

首先，未嫁从父。选择蔡伯喈为婿并不是牛小姐的个人意愿，而是她父亲牛太师的主意。蔡伯喈本来不愿入赘牛府，但是牛太师依仗他的权势，借助皇帝的旨意，逼迫蔡伯喈无路可走，只得娶牛小姐为"妻"。实际蔡伯喈自己已经有妻子，但是他在权势高压下没能说明，牛小姐也就稀里糊涂嫁给了一个她素不相识，也不了解的状元公。这是她第一个身不由己的行动，就是这个行动给她带来了日后无法改变的"悲剧"——成为蔡伯喈的妾。

其次，既嫁从夫。牛小姐嫁给了蔡伯喈，当她得知蔡伯喈在家乡已经有原配妻室后，她有两种选择：一种是依仗权势霸占丈夫，迫害丈夫的原配，自己"转正"。这是古今不少"第三者"都做出来的事情。像陈世美那样的丈夫也不少见。然而在《琵琶记》中蔡伯喈不是陈世美，他思念原配，怀有深情。牛小姐也不是那种野心勃勃的恶劣的妒妇，所以她不会选择霸占丈夫欺压原配的事情。那么第二种选择只有从夫意愿，甘居妾位。以一个丞相之女，自幼娇惯的小姐，能够做到甘心伏低做小，那是很不易的事情。这里面有多少无奈，多少委屈，只有牛小姐自己心里清楚了。

既嫁从夫，那就要一切唯夫命是听。蔡伯喈思念旧妻，牛小姐就变着法儿把赵五娘送到丈夫跟前，表面看是皆大欢喜，牛小姐胸怀宽广，实际上牛小姐也是无奈。这在第三十五出《两贤相遘》牛小姐跟赵五娘的对话中已经透露出来——当牛小姐知道赵五娘就是蔡伯喈的

真情持守
凄苦缠绵
《琵琶记》

WEN

HUA

ZHONG

GUO

原配后，她说了一句："教伊怨我。教我怨爹爹。"为什么牛小姐要怨爹爹？不就是她爹爹叫她嫁给了一个有妇之夫吗！事到如今，有什么办法，只有嫁鸡随鸡夫唱妇随。丈夫要跟原配回乡祭扫，尽管她自幼锦衣玉食，从未出过远门，娇娇滴滴，也只能跟随丈夫辞官回乡，此时她心里也是难受不已。第四十一出《风木余恨》牛小姐有一段【玉雁儿】唱曲：

> 不孝的媳妇，恨当初为我耽误了丈夫。吃人谈笑生何补？我待死呵，又羞见公姑。公公婆婆，我生前不能够相奉侍，何如事你向黄泉路。只一件，我死了呵，家中老父谁看顾？

此曲就深深表明牛小姐心中苦不堪言。好好地却嫁给一个有妇之夫，无端招来不孝的罪名，还弄得丈夫也被人误解为不孝之子，被舆论不齿，被众人耻笑，这是从何说起哪？牛小姐心中一肚子委屈，却无处可说，所以她就更加悲苦，在走投无路的情况下，只得想起自杀。自杀说得容易，家中还有年迈的爹爹需要自己照顾啊，怎么能一死了之？活着受罪遭人耻笑，死又不能，牛小姐的孤苦又有谁了解啊。

牛小姐的无奈、委屈是因为她遵守着封建"三从四德"的规范，被"三从四德"所桎梏，但是她之所以能够隐忍，能够甘居人下、伏低做小，其中根本原因，就是她爱自己的丈夫蔡伯喈。尽管这个丈夫是她父亲自作主张为她选择的，也没有征求她的意见，没有经过她的同意，她和蔡伯喈更没有经过现代人的恋爱过程，就立即结婚成家了，可是牛小姐婚后却对这个原本陌生的丈夫有了真情。婚后才恋爱这种事情原本也不稀奇。牛小姐婚后发现丈夫确实有才华，更体察到丈夫的无奈和善良，自然就由惺惺相惜产生了恋情。所以她要以相国之女的身份，保护平民出身的丈夫，抚慰他受伤的心灵，给他以无限的关爱。她遇事处处为丈夫着想，体贴丈夫、关怀丈夫。也正因此，由爱丈夫，到爱丈夫的家，自然也就包容丈夫的原配了。牛小姐几经试探，

知道丈夫对原配深情不减，聪慧的牛小姐自然懂得要想跟丈夫相爱，就必须面对丈夫还爱着原配妻子的现实，必须接受这个现实。这是不接受也要接受的现实。这是她的苦衷，也是她的无奈。聪慧的牛小姐深知她无法动摇丈夫依恋原配妻子的信念和情感，要是不能包容，大闹大吵，结果只会鸡飞蛋打，自己也会失去丈夫的欢心。正是牛小姐深知嫉妒吵闹于事无补，她也就只能让步，正所谓"退一步海阔天空"，她由委屈、无奈，被迫变为自觉，把痛苦化为了欢乐，化为了皆大欢喜。《琵琶记》结尾的"一门旌表"可以说正是由于牛小姐善于处事才获得的，才使一场悲剧最后以"喜剧"收场。

第九章

持守真情，凄苦缠绵

一、把住一个"真"字

《琵琶记》自问世以来，几百年传唱不衰，受到人们的喜爱，被历代人论说评判。中国的古典剧作，自问世即被历代广泛关注、争议的情况，还没有哪一本剧作能够超过它。其原因当然是由于作者的选材、写作主旨和满怀深情的高妙的写作手法，而把住一个"真"字是关键之一。戏曲创作是一种源于生活又高于生活的艺术创造，这种创造绝不是生活场景的摄影，把现实生活原样照搬到舞台，也不是远离生活，仅凭作者想象的胡编乱造。但是它又必须是真实的，来不得半点的虚假。这就要求这种创造要具备艺术的真实。也就是说戏曲创作一定要把住"真"字，让观众从戏曲演出中领略到现实生活，联系到自己的生活，觉得那戏仿佛就在演绎自己的生活。高明正是做到了这一点，

所以他的《琵琶记》才会有永久的艺术魅力，有着长远的生命力。

历代对《琵琶记》的纷繁争议，恰恰说明剧作切中了社会生活的现实问题。每一个生活在现实社会的人，根据他自己的生活经验，会对剧作产生不同的理解，彼此意见不一，自然就发生了争议。其中就有一种声音说《琵琶记》写得不真，是作者的主观编造，是要宣传作者的封建理念。我们说这种意见实在是过于偏颇，是不了解历史，不了解高明的苦心孤诣的创作。《琵琶记》写的是中国古代社会一个普通家庭的生活故事。在这个看似很平凡的故事中作者塑造了一系列典型的人物，并通过他们展现了中国古代文化所呈现出来的传统美德——忠孝节义。也正因为作者这种创造秉持儒家的伦理纲常，并以一个普通家庭的平凡生活，它的成员的各种遭际和命运，浓缩了整个社会的生活的面貌，它就触及了所有观剧国人的敏感的神经，拷问着国人的灵魂。要人们自觉不自觉回答剧作所提出的问题——你对于自己时代的世风、对于社会风化，如何看待？它自然就会引发现实社会人们的思考、评说、争议。

可以说《琵琶记》中的所有人物都不是概念化的，一个个都是有血有肉，活生生的，真实的人物。主要人物蔡伯喈、赵五娘、牛小姐自不必说，就是那些媒婆、拐儿、里正、社长，甚至家丁，凡上场者皆活灵活现。尽管根据戏曲特点，这当中少不了插科打诨，夸张讥讽，但是无论怎样都没有越过"真"的底线。作者抓住这些人物的灵魂，抒写他们的本质面貌，这就使这些人物无论怎样表演都一个个表现的是他们自己、他们自身的本来面目。他们绝不是作者理念的化身，不是作者手中的"木偶"。前面我们已经分析过剧中主要人物的遭际经历以及他们的性格，这里我们再来看作者的描写是否真实。

蔡伯喈是不是真孝子？他的孝到底是不是真孝？他对爱情是不是真忠？对朝廷是不是真忠？他是不是"全忠全孝"？这个人物到底在现

141

真情持守
凄苦缠绵
《琵琶记》

WEN

HUA

ZHONG

GUO

实生活中是否站得住脚？

我们说蔡伯喈是一个有血有肉有魂灵的活生生的人，他并不是作者随意的捏造，而且这还是一个典型人物，他代表了封建社会千千万万读书人，而且就在当今也具有现实意义。理由是：

第一，蔡伯喈是书生，书生以读书为业，以中举入仕求取功名为目标，剧中真实表现了这一点。有人据此谴责蔡伯喈是个名利之徒，这就有些欲加之罪何患无辞了。难道书生不读书才可嘉，不想考取功名才正常？

蔡伯喈虽然有意求取功名，但是他并不急于求成，因为他的具体生活环境是父母年迈，家中无人侍奉，所以他决定把"功名"二字收起，"且尽心甘旨，功名富贵，付之天也"。有人说蔡伯喈这样表白是"假惺惺"，明明心中想去考试，自己却不说，是他狡诈，非得要老父亲"逼迫"他，这样他好逃脱"不孝"的骂名。这种人说话就是对蔡伯喈抱有成见。先设定蔡伯喈就不是一个孝子，所以他的一切举措都是自私自利的表现。我们说蔡伯喈是一个熟知礼数的饱学儒生，儒家最重孝道，而且在封建社会"孝义"已经成为社会的公德，"不孝"之人会遭到社会的唾弃，舆论的谴责。别说是一个熟知经典的儒生，即使普通人，也会对离乡远行求取功名感到不安。蔡伯喈的所思所为，乃当时社会的人之常情，蔡伯喈有什么狡诈，有什么虚假啊，谴责蔡伯喈不孝者，不过是不了解戏剧所写的时代罢了。

第二，蔡伯喈离家应考，最终没有守在父母身边，这是蔡伯喈真实的合乎逻辑的行动，并且这是读书人必然要采取的行动。就如当今许多中学生都要考大学，不少大学生都要考研、读博一样，这是无可厚非的行动。而蔡伯喈这样做了，他到底还是不是孝子？有人以为只有在家侍奉父母才是尽孝，蔡伯喈离家后父母双亡，他没在身边，有些人就指责蔡伯喈不是一个孝子。这里就有一个对"尽孝"如何理解

的认识问题。这个问题不仅古人很敏感，就是在当今也有现实意义。尤其现在独生子时代，跟蔡伯喈处境相似的人极多。他们难道为了跟父母厮守，就不能读大学，不能考研读博了吗？一旦他们离开父母就不孝了吗？

《琵琶记》很好地回答了这个问题。剧中所写，"孝"有"大孝"和"小孝"之别。父母年老，需要儿女照料，儿女也应该侍奉父母，赡养父母，守在父母身边以尽孝道。但是人，除了具有自然属性，还有社会属性。也就是说人除了有家庭责任还有社会责任需要承担。人，不仅属于一个家庭，还属于一定的社会。因每个人家庭环境的不同，志向不同，才干不同，每个人在社会所要承担的责任也不同。有的人可以终生不离父母厮守家庭，有的人则志向高远，要为社会贡献自己的才干。这种情况就是在当今也是一样，许多独生子都为在家侍奉父母还是出外创业感到两难。好在蔡伯喈的父亲很开明，他不仅不阻止蔡伯喈求取功名，反而"逼迫"儿子尽快远行。他不同意儿子说什么"父母在，不远游"，他根据《孝经》，用"立身行道，扬名于后世，以显父母"的"大孝"来驳斥儿子所言。究竟应该怎样看待"孝"？不同人有不同认识。应该说，在家照顾父母固然是孝，而"显父母""光宗耀祖"也确是孝的含义之一。为社会作贡献也是"尽孝"，因为父母养育儿子就是希望儿子有成就有事业，儿子能做到这一点，就没有辜负父母的养育之恩。这怎么不是"孝"啊？而且应该说还是"尽孝"的一种积极行动。

惟其如此写，才是真实的蔡伯喈，才是真实地反映了那个时代读书人的面目，反映了那个时代读书人的心态。我们说如果作者把蔡伯喈写成浑浑噩噩，只知道侍奉父母温饱，只知道老婆孩子热炕头，那反而就不真实了，不可信了。正因为作者熟悉蔡伯喈一类人，甚至可以说他本人就是这样的儒生队伍中的一员，所以他才能把蔡伯喈的犹

真情持守
凄苦缠绵
《琵琶记》

WEN

HUA

ZHONG

GUO

豫，优柔，软弱，但是还有一定的主见，写得栩栩如生。

二、咬定一个"情"字

《琵琶记》作者深知"论传奇，乐人易，动人难"，所以他的写作不追求浅表效果，不追求人们观剧一时的痛快，当场叫好，他要的是剧作内容深沉，动人心弦，回味无穷。因此他写戏刻意在"用情"上下功夫。正因为他的创作紧紧咬定一个"情"字，所以才能打动人心，几百年来，感动了一代又一代人。

作者说他的创作就是要意关风化，树立孝子贤妻的美好形象。为此作者在创作中投入了他自己的全部感情，把他的爱恨喜恶全部情感都融化在戏曲故事的情节和人物身上了。

对于剧中的主要人物蔡伯喈、赵五娘和牛小姐，以至次要人物张太公、牛太师，高明都深怀热爱之心，一一写出了他们各自的令人感动的事迹，为他们编排了一系列激荡人心的故事情节并且在这些事迹、情节的发展过程中，展现人物自身的性格和命运，其间自然而然抒发了他们不同的情感。

明代著名戏曲理论家王骥德在《曲律·杂论》中曾有评说："古人往矣，吾取古事，丽今声，华衮其贤者，粉墨其匿者，奏之场上，令观者藉为劝惩兴起，甚或扼腕裂眦，涕泗交下而不能已，此方为有关世教文字。若徒取漫言，既已造化在手，而又未必其新奇可喜，亦何贵漫言为耶？此非腐谈，要是确论。故不关风化，纵好徒然，此《琵琶》持大头脑处。"其意就是说《琵琶记》用情在大处着眼，不只是写小儿女情长，更注重表现儿女情的社会含义。明代另一评论家胡应麟则把《琵琶》与《西厢》相较，说："《西厢》主韵度风神，太白之诗也；《琵琶》主名理伦教，少陵之作也。"（《庄岳委谈》）王骥德也

把两部戏剧加以比较说："《西厢》，风之遗也；《琵琶》，雅之遗也。《西厢》似李，《琵琶》似杜。……《琵琶》之妙，以情以理；《西厢》之妙，以神以韵。"（《新校注古本西厢记》附评语）也就是说《琵琶记》不仅用情深，而且情中含理，理在情中。这样，就使作品的意义远远超出卿卿我我男欢女爱的狭窄天地。该戏不仅引发人们对爱情婚姻的

胡应麟（1551～1602）

关注，更引发人们对社会风习，礼教道德等种种社会问题的思考。也正因为《琵琶记》涉及"名理伦教"，也就触及社会不同阶层人的敏感神经，他们对《琵琶记》加以评说，因彼此立场、角度、认识、观念等各不相同，所以几百年来对《琵琶记》的主旨、人物、故事的评说也是分歧众多，相互争论不休。

清代的戏曲评论家毛声山对《琵琶记》的评点，可谓最为详赡，他仿照金圣叹评点《西厢记》的做法，把《琵琶记》列为"第七才子书"，从主旨、情节、曲辞、文法等方面加以点评，并集前贤评语于卷首。

毛声山评《琵琶记》云："《琵琶》本意，止劝人为义夫，然笃于夫妇，而不笃于父母，则不可以训，故写义夫，必写其为孝子，义正从孝中出也。乃讽天下之为夫者，而不教天下之为妇者，则又不可以训，故写一义夫，更写二贤妇，见妇道与夫道宜交尽也。是以其文之妙，可当屈赋、杜诗读，而其文意之妙，则可当《孝经》《曲礼》读，更可当班孟坚《女史箴》一篇、曹大家《女论语》一部读。"屈原、杜甫之作都是情深意长，胸怀天地社稷，情满山川之作。他们的"情"都是忧国忧民之情，而不是儿女私情，所以他们的作品才万古不朽。毛声山等一些评论家将《琵琶记》与屈原、杜甫之作相提并论，固然

145

真情持守

凄苦缠绵
《琵琶记》

WEN

HUA

ZHONG

GUO

是对《琵琶记》的崇高评价，也是对《琵琶记》紧紧咬定一个"情"字的深刻认识。

写婚姻家庭的戏曲，如果不能立意高远，往往只能成为内容琐细的平庸之作。可是高明下笔首先给自己明确规定，写作"不关风化体，纵好也徒然"。所以，毛声山于此句下批语曰："作传奇耳，却说出'风化'二字。然则世间何可无传奇，然则世人又何得轻易便作传奇。"高明要写婚姻家庭，立意"只看子孝共妻贤"，这就把婚姻家庭生活和社会伦理道德紧紧地又极其自然地结合起来，突破了写这种题材的小家子气。所以毛声山又批曰：《琵琶记》"所以胜人处在此"。

在最后一出《一门旌表》的最后一句唱词"愿玉烛调和，圣主垂衣"之后，毛声山总评："观其末语，颂扬朝廷，可见诗词一道，虽有托讽，要必以润色太平为主，不当稍涉讥讪，自取罪戾。……《琵琶》一书，真盛世鸿文，非寻常可比。吾愿天下后世才行兼全之君子，其各敬读之。"

在高明笔下无论是写"子孝"还是写"妻贤"，都不是干巴巴地说教，而是让他笔下人物个个都情真意切，有血有肉有魂灵。戏中人物并不是作者意念的传声筒，也不是儒家教条的人物画，他们有自己独特的情感和心路历程。

比如蔡伯喈考中状元再娶牛小姐，在当时社会一夫多妻是正常的，作者并没有拔高他，而是真实写出了他的顾虑和犹豫。第十三出《官媒议婚》，面对议婚的人，蔡伯喈说："非别，千里关山，一家骨肉，教我怎生抛撇？""父母俱存，娶而不告须难说。悲咽，门楣相府须要选，奈爹娘佳人，实难存活。"他既没有坚决回绝，也没有立即答应，而是想到远在家乡的父母妻子，似乎若有父母之命，他就可以答应。伯喈之所以不接受相国好意，只是因为父母年迈，亟待归家，这里就

写出了一个"孝子"的真实心态。后来与牛小姐成婚时蔡伯喈也曾一时得意忘形，却又因觉得对不起结发妻赵五娘而感惭愧，这都是作者紧咬一个"情"字做文章，实际是对人物心理的准确写照。蔡伯喈不能"主动"高攀，他是熟读儒家经典的文士，那样毕竟有碍于道德，如果他真的那样做了，就不是文士蔡伯喈了，就和忘恩负义的陈世美同流了。在皇命圣旨"强迫"之下，蔡伯喈才不得已答应，这才正合乎蔡伯喈的个性，这才符合人之常情。而由此人们对蔡伯喈是否真孝子，就有了不同的看法。但这恰恰反证高明既未把他笔下人物概念化，亦未把蔡伯喈写成完人，而是写出了一个真实的具有七情六欲和各种弱点的"这一个"典型人物。

真情持守

凄苦缠绵
《琵琶记》

WEN

HUA

ZHONG

GUO

三、紧抓一个"守"字

《琵琶记》作者把握住一个"真"字，咬定一个"情"字，为塑造他笔下的典型人物打下了坚实基础。而一个个典型人物的塑造还依靠作者紧紧抓住了一个"守"字。因为戏中主要人物都"持守真情"，所以才把他们的个性展现得活灵活现。

蔡伯喈千里赶考，离家别乡，他持守的就是一种对父母养育之恩念念不忘回报的真情，他持守的就是对结发妻子赵五娘深深眷恋的愧疚之情。在该戏中，对赵五娘的"持守真情"可以说众口一词没有异议，因为她确实做到了替夫行孝，坚守贞操，无论在何种艰难困苦的环境下，她都对丈夫忠心耿耿，最后竟弹唱琵琶一路乞讨寻找到丈夫。但是对蔡伯喈的持守，很多人都怀疑，甚至反对，斥责蔡伯喈不仅不持守，而且不忠不孝，不仅没有真情，而且耍心机，使手段，狡猾乖巧。

我们不同意对蔡伯喈加以斥责。我们认为蔡伯喈是一个有情有义

之人，是一个持守真情之人。

从剧中介绍可知，蔡伯喈是一个知书达理的儒生文士，他对父母热爱，对妻子眷顾，这在他一出场就有明显的表达。也就是说蔡伯喈本来就不是一个热衷并极力钻营功名的人。他希望能够赡养父母，过田园生活，一家人团聚，其乐融融。有的人却说蔡伯喈这种表达是虚伪的，他骨子里是一个名利熏心之徒，不过他狡猾，不从自己嘴里说出来罢了。也就是说这种意见认为蔡伯喈从本质上就是一个无情无义之人，是一个虚伪的人。因此他就无所谓坚守不坚守了。持这种意见的人，其理由就是无论蔡伯喈说的怎么好听，他的行动还不是远离父母抛妻别家了吗？因此说什么都是假的，行动才是唯一的证明。

我们说蔡伯喈是为考取功名离开了家，离开了父母妻子，但是这样做并不等于蔡伯喈就无情无义，对父母、对妻子就没有真情。因为人是一个各种情感都可以同时负载的综合体，并不是一个简单的机械，非此即彼。蔡伯喈离家了，并不等于他对父母、对妻子的情感就改变了，消失了。我们承认蔡伯喈有功名之念，也并不是没有高攀的欲念，但是他深知父母年迈需要人照料，从他的"孝心"出发，他不得不在求取功名和赡养父母两者之间有所取舍。辞试是如此，辞官、辞婚亦是如此。他心底始终是将终养父母放在第一位的，所以他才既未看重功名，也无意高攀，甚至赴试取功名本身也仍是要"娱亲"——为了让年迈的父亲高兴，实现父亲对儿子的期望。他坚守的就是一份难得的真挚的"孝"情。我们不同意说蔡伯喈的"孝心"是虚伪的，说蔡伯喈的行动全是为他自己，甚至说他是装腔作势，耍弄心计。那样说，实在是对蔡伯喈的不公。请看当今有多少贫困家庭，缺吃少穿，就是"砸锅卖铁"也要供儿子上大学；老爹老娘，身体虚弱，深知自己多病多灾，当他们知道儿子能够上大学走出穷山沟，他们都会激动得热泪

盈眶，千嘱咐万叮咛要儿孙一定好好学习，长出息、做大事。当今这些从贫困家庭走出来的大学生们就都是不孝子吗？不是的。他们怀揣美好的愿望，怀抱学有所成来回报父母家人的心愿走出了家门，这也是一种"孝心"。

有人说蔡伯喈就算原本有孝心，可是他考取功名以后呢？他不是没有回报家人吗？连父母病饿而死，他都不回家，这是什么孝子？他守的什么情？是的，这种责备似乎有理，可是看问题不能单从一般道理论说，具体情况要具体分析。假如像这些人所说蔡伯喈考中后不做官，或者辞官回家，那么试问蔡伯喈是不是空手而归，仍未能实现老父"改换门闾"的愿望，仍未能免于"不孝"啊。蔡伯喈辞官向皇上陈情，他希望的只是辞却朝官回到家乡做乡官，他说："若还念臣有微能，乡郡望安置。庶使臣，忠心孝意，得全美。"但皇帝不听啊！君命不得违，这是封建社会的钢铁护栏，谁也冲不破的。正如黄门所说："这秀才好不晓事，圣旨谁敢别！"在这种情况下蔡伯喈不能回家应该是情有可原的。关键是，尽管蔡伯喈不能回家，没有回家，他对家人的恋情丝毫未减。他始终思念父母，想念妻子。这种无尽的思念，我们认为也是一种行动，而且是一种"持守"的行动。作者写蔡伯喈的这种持守，并不仅在于写蔡伯喈辞试、辞官、辞婚"三不从"，更在于写"三不从"之后蔡伯喈的心态。因为即使蔡伯喈再有理由，他毕竟没有尽到孝养的责任和义务，"生不能事，死不能葬，葬不能祭"，是一个孝子愧悔难言之事。剧中写他为此只能深深地自责："蔡邕不孝，把父母相抛。""孩儿相误，为功名误了父母。"他甚至说"乾坤岂容不孝子，名亏行缺不如死"。愧悔使得他经常自怨自艾，他原本充满尽孝之心却未能实现尽孝之事，一个孝子的悲苦心情谁能理解？所以说蔡伯喈不孝，说他无情，皆是不懂蔡伯喈其人其心的误解。我们同意有的学者所言："《琵琶记》流传影响最广的是在明清时代。明清社会

真情持守
凄苦缠绵
《琵琶记》

WEN

HUA

ZHONG

GUO

这种典型的伦理社会，保证了作品的构想能获得足够的共鸣，而不同于现、当代的挑剔，反感多于理解。而当代的新理解必须建立在放弃彻底的反传统观念与阶级斗争框式的基础之上。在重新寻绎传统的背景之下，不再处处以现代的标准与观念指责在前，才有可能冷静地寻绎剧本的脉络，体味其深刻之处。"

《琵琶记》剧本紧抓一个"守"字，还表现在对牛小姐的描写中。牛小姐虽然是次要人物，但是对全局剧情发展却起着至关重要的作用。她的这种重要作用之所以得到表现更在于她对自己爱情的"坚守"。有意思的是高明在紧抓一个"守"字做文章时，写不同人手法是不一样的。写赵五娘那是直笔明写，赞叹之情溢于言表，所以任何人看戏对赵五娘的言行都能理解，并从而深受感动。写蔡伯喈则是曲笔回护，同情无奈，力在申诉，所以不理解作者良苦用心，看不透蔡伯喈心底深情者，往往会对蔡伯喈有所误解。作者写牛小姐坚守真情，用的是反笔。表面看牛小姐是依靠父亲权势得到了蔡伯喈，被"蒙在鼓里"稀里糊涂做了妾，然后又对丈夫的正妻赵五娘"低三下四"甘愿做小，她应该有多少委屈，多少无奈，多少怨恨！可是牛小姐竟然都一一忍受。而这种超乎其出身和地位的表现，恰恰正表现了她对丈夫情爱的"坚守"。她所有的行动统统都是要维护她的情爱。正是牛小姐"以退为进"的"坚守"才使蔡伯喈能够获得一夫二妻和谐的家庭生活，才能得到"一门旌表"。

四、写就一个"怨"字

《琵琶记》是一部爱情剧，一部家庭剧，这是从内容上讲；从戏剧艺术性质上看，《琵琶记》则是一部悲剧。用鲁迅的话说，悲剧即将人生有价值的东西毁灭给人看，悲剧是以剧中主人公与现实之间不可调

和的冲突及其悲惨的结局，构成基本内容的作品。《琵琶记》所写的主要人物都是善良的，具有人性美，道德美。他们本来都应该有美好的生活，可是他们所生活的环境，他们所在的社会和时代，使他们无可避免要受专制制度的、传统的、伦理的、风习的制约。尽管他们对自己的生活都有美好的憧憬和梦想，但在现实中，他们却一个个都历经磨难，心力交瘁。他们美好的愿望不能实现，他们向往的生活不能达到，从而使他们一个个都"怨气满怀"。"怨"就是作者为他的戏剧所定下的基调，是《琵琶记》这部家庭悲剧、社会悲剧及其人物悲剧的鲜明色彩。

父慈子孝、君明臣忠，这本来是中国古代人们理想的一幅和谐的家庭生活和社会生活应有的面貌，殊不知这种理想、这种和谐却又是建立在一把锋利的刀尖之上，那就是封建专制制度——皇命高于一切，并由此派生出"君君臣臣父父子子"的绝对统治。这把锋利的钢刀扼杀人性，无视人权，剥夺自由。在下子孝臣忠是绝对的，在上父慈与君明却是相对的。由此那理想的和谐只不过是高空明月，现实却上演着一场场人生悲剧。《琵琶记》就是以一个家庭的变故和遭遇反映了那个时代的悲剧，而剧中所有的人物命运都是悲剧性的。剧情曲折多变，但是一步步展现的就是一个个人物的悲剧结局。

蔡伯喈有理想，有才干，有学识，性情至孝。他爱父母，爱妻子，爱家园，希望通过自己的努力过上平静的安稳的家庭生活。但是他在现实社会却不能实现自己的愿望，他的意愿一而再再而三地被他人逼迫改变。他一再委曲求全，终身陷于无穷的痛苦之中。他的苦衷还不被人理解，明明是忠，是孝，却还被人误解为不忠不孝。在一些读者的眼中，他仍然难逃一个"负心郎"的罪名。蔡伯喈，是作者塑造的第一个悲剧形象。这是封建纲常施加于蔡伯喈身上的悲剧，作者从理想与现实、人与社会的冲突中表现了蔡伯喈的人生的悲剧。

151

真情持守
凄苦缠绵
《琵琶记》

WEN

HUA

ZHONG

GUO

赵五娘则是另一个悲剧形象。她美丽端庄，刻苦耐劳，善良真诚，勤俭持家，对公婆、对丈夫一心一意，忠心耿耿。她是一个普通的家庭妇女，对社会没有奢求，她只求跟丈夫团团圆圆，安安稳稳过日子。但是就是这样最起码的愿望也都不能实现，因为在那个社会妇女生活在社会最底层，封建社会的三纲五常"三从四德"已经把她们做人的自由权力彻底剥夺。她们的命运已经跟奴隶差不多，在家庭中她们要处处时时看人眼色行事。就是在蔡家，蔡伯喈外出之后赵五娘"替夫行孝"，虽说有表现赵五娘本性善良为人贤惠的一面，但是究其里，赵五娘也是"迫不得已"、"无可奈何"罢了。其实她心中也是一肚子"怨气"，不过她能够隐忍不发而已。她只能对着苦涩的糟糠，诉说自己的苦难，自觉命比糠苦。这不是一个活脱脱的悲剧形象吗？正因为赵五娘能够面对苦难，忍受委屈，保持操守，她的形象才在人们心目中崇高起来。但是这种崇高的背后反映的却是赵五娘已经丧失了女性自我意识，不由得不令人为其感到悲哀。

牛小姐同样是一个悲剧人物。她身为相国之女，却如一只小宠物被禁闭在相府，处处受到封建礼教的约束，毫无自由，就是她放任保姆和使女到自家后花园去一次，也被父亲责怪，以至她几乎成为木偶一任父亲摆布。可以说她几乎已经不知道什么叫"自由"了。按照父亲的意志她嫁给了蔡伯喈，这是她严守"在家从父"的礼教结果。嫁给蔡伯喈后，她又严守"出嫁从夫"的训条，竭尽妇道，所以得知蔡伯喈家有双亲妻室后，她力劝父亲让丈夫归家省亲，还为赵五娘和蔡伯喈相会出谋划策，自己"情愿"当"二房"，做小妾。这已经是一个没有自主意识的"奴隶"。尽管剧作意在显示她的贤德，但是这种贤德却是由她牺牲自己的青春自由为代价的。她自己未尝不怨不恨，不过她不能怨不能恨而已。所以这也是十足令人同情的悲剧人物。

蔡父蔡母同样是悲剧人物。蔡母是一个淳朴善良的老妈妈，她慈悲为怀，疼爱儿子儿媳，对于功名利禄她全无动于衷，就想一家人团团圆圆、和和美美过日子。这也是大多数中国妇女的人生愿望。这种愿望并不高，也不非分，但是这种普普通通的愿望在当时也难以实现。这就又一次展现了个人理想与现实社会与时代不相容的矛盾。就是这样一个善良的对社会没有任何奢求的老人，竟然在灾荒年含恨而死。说来她的具体死因也是一场悲剧：本来儿媳是孝顺媳妇，但是她觉得媳妇就是媳妇，不是自己身上掉下来的肉，所以她怀疑儿媳自己偷吃美食，却把不好吃的东西送给她。当她发现媳妇原来自己吃糠，却把米给她吃时，善良的老人经受不住良心的责备，竟愧悔而亡。赵五娘的贤惠忍让竟成为导致蔡婆愧悔而亡的原因，这悲惨的景象怎不令人心疼。蔡母死后蔡公也因此一病不起。蔡父面对孝顺媳妇发出一片后悔之词，他在【青歌儿】曲唱道：

> 媳妇，我三年谢得你相奉事，只恨我当初把你相耽误。天哪，我待欲报你的深恩，待来生我做你的媳妇！怨只怨蔡伯喈不孝子，苦只苦赵五娘辛勤妇。

蔡公带着对儿子深深的怨恨、深深的误解，离开人世，他临死还交代好友："张太公，我凭你为证，留下这条拄杖，待我那不孝子回来，把他与我打将出去！"本来父子情深，把满腔希望，把改换门闾的愿望完全寄托在儿子身上的蔡父临死却大失所望，怀着深深的遗恨离开了人世。人们在看到这一幕时，想到的是怪罪蔡伯喈吗？不，那是误解，其深层的含义是作者向人们揭示那个时代，那个社会，那种制度，那种礼教，才是造成蔡伯喈一家悲剧的根本原因。

《琵琶记》中，直到结尾，虽然是"大团圆"，但是剧中人心头的悲哀却已经永远不能抚平，他们所遭遇的苦难已经无可补救，"团圆"的"喜悦"也冲不去全剧的悲伤。

真情持守
凄苦缠绵
《琵琶记》

WEN

HUA

ZHONG

GUO

明代戏曲家徐渭评点《琵琶记》就以一个"怨"字来归结该剧的主旨："《琵琶》一书，纯是写怨。蔡母怨蔡公，蔡公怨儿子，赵氏怨夫婿，牛氏怨严亲，伯喈怨试、怨婚、怨及第，殆极乎怨之致矣！'诗可以观、可以群、可以怨'，《琵琶》有焉。"高明正是抓住一个"怨"字，抒写剧中各个人物的遭遇和情感，才使该剧主旨得以升华，才使该剧冲破狭隘的家庭剧、婚姻剧、爱情剧的境界，使该剧具有了深广的社会意义，具有了超时代的永恒的美学价值。

第十章

悲喜相映的人生悲剧

155

真情持守

凄苦缠绵
《琵琶记》

WEN

HUA

ZHONG

GUO

一、双线并行，交错发展

明代戏曲评论家祁彪佳在他的《远山堂曲品》中指出："作南传奇者，构局为难，曲白次之。"《琵琶记》的结构和曲白，由于作者匠心独运，取得很高的成就，历来被人们所赞赏，被明清时代很多戏曲作者奉为圭臬。

《琵琶记》作者用心缜密，结构戏曲情节采用双线并行、交错发展的方式，一条线写蔡伯喈的步步荣华，一条线写赵五娘的辛酸悲苦，两条线齐头并进。一方面是蔡伯喈中举、招赘，有功名得意、洞房花烛之喜；一方面是赵五娘侍奉公婆，遇灾荒年景，衣食不保，有饥寒交迫之苦。作者巧妙地运用对比手法描写悲苦和欢乐的场面，造成强烈的戏剧性，给观众和读者的心灵以极大的冲击，从而给人们留下了

深刻的印象。

《琵琶记》全剧共四十二出，从第七出《才俊登程》赴考至第三十七出《书馆悲逢》，这三十出的戏基本上是交替写蔡伯喈和赵五娘具有天壤之别的生活面貌。每当蔡伯喈有一喜，赵五娘则有一悲。这种相互映衬对比的结构方式就更突出了人物遭际的不同，更突出了五娘的悲苦，引发人们对五娘深深的同情。如第八出《文场选士》蔡伯喈高唱："君恩喜见上头时，今日方显男儿志。布袍脱下换罗衣，腰间横系黄金带，骏马雕鞍真是美。"表现了他中举之后的洋洋自得之情。可是紧接第九出《临妆感叹》，赵五娘立刻唱出："君行万里途，妾心万般苦。君还念妾，迢迢远远也须回顾。""教我倩着谁人，传语我的儿夫。你身上青云，只怕亲归黄土，我临别也曾多嘱咐。嗏，那些个意孜孜，只怕十里红楼，贪恋着他人豪富。丈夫，你虽然是忘了奴，也须念父母。苦，无人说与，这凄凄冷冷怎生辜负？"不幸，果然被赵五娘言中。之后从第十出到第十九出集中写了蔡伯喈被招赘相府，第二十出到第二十七出集中写了赵五娘在灾荒年景下如何苦熬苦撑。第二十二出《琴诉荷池》写蔡，第二十三出《代尝汤药》写赵。第二十四出《官邸忧思》写蔡，第二十五出《祝发买葬》写赵，第二十六出《拐儿绐误》写蔡，第二十七出《感格坟成》写赵。这是两人各自一段时间比较漫长的生活境况的对比，也是全剧悲剧结构的中心和高潮。紧跟着第二十八出蔡伯喈和牛小姐中秋赏月，第二十九出就是赵五娘一路弹着琵琶卖唱行乞，到京城寻找丈夫。一边是蔡伯喈虽然身不由己，却在京都过着富人的享乐生活；一边是赵五娘在家乡遭遇一场场苦难，生计日益窘迫。一边是蔡伯喈洞房花烛，一边是赵五娘赈粮被劫跳井。一边是蔡伯喈荷池赏花，饮酒消夏；一边是赵五娘灶下饮泣，吞咽糟糠。一边是蔡伯喈和牛氏中秋赏月，一边是赵五娘卖发葬老，包土筑坟。这种双线并行交错对比、两种场景交错铺排、两种生活场

面交相映照的戏剧结构，完整而严谨，不仅使戏剧情节能够充分展开，增强了戏剧冲突的尖锐性、悲剧性，令观众和读者目不暇接，得到艺术欣赏上的满足，而且可以淋漓尽致地揭示人物的性格特征和复杂的内心世界，更使戏剧人物形象丰满、性格鲜明突出，使人们对一个个人物留下难忘的印象，从而极大地增强了该剧的影响力。同时也为揭露那个时代普遍存在的社会矛盾——贫富悬殊，上层社会为所欲为，下层社会民不聊生，提供了一幅幅对比景象，因此大大加强了该剧的思想性和社会意义。双线发展悲喜相间、以喜衬悲的艺术构架，虽然不能说完全是高明的独创，但是《琵琶记》确是第一次为人们构筑起中国古典悲剧的一种成功的富有民族特色的范式。

明代思想家李贽在其所著《杂说》中评论《拜月亭》、《西厢记》与《琵琶记》时曾云："《拜月》、《西厢》，化工也；《琵琶》，画工也，而其孰知天地之无工乎？今夫天之所生，地之所长，百卉俱在，人见而爱之矣。至觅其工，了不可得。岂其智圆不能得之欤？要知造化无工，虽有神圣，亦不能识知化工之所在，而其谁能得之？由此观之，画工虽巧，已落工义矣。文章之事，寸心千古，可悲也夫！"因此很多人都借李贽此论贬低《琵琶记》，以为该剧结构部署工力不敌《西厢》、《拜月》。

李贽（1527～1602）

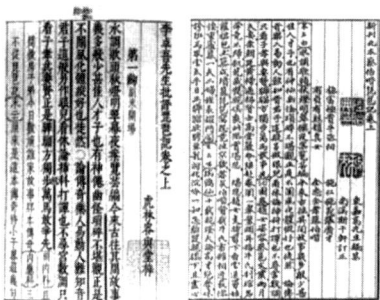

《琵琶记》李贽评本

157

真情持守

凄苦缠绵
《琵琶记》

WEN

HUA

ZHONG

GUO

其实对于戏曲艺术，不同的剧作，内容不同，风格不同，情节不同，结构也不同，而观者应该说各有所好。《西厢》、《拜月》、《琵琶》等戏剧，都是优秀的古典剧作，它们各有所长。李贽说《拜月亭》、《西厢记》是化工，就是造化之工，《琵琶记》是描画之工，对《琵琶记》他是不太满意的。那是因为他本人是一个反礼教的斗士，所以他崇尚冲破枷锁的自由恋爱。对于在封建枷锁下"忍气吞声"、"可怜巴巴"生活的蔡伯喈跟赵五娘他是看不上眼的。但是他的"画工"说也只能证明他承认《琵琶记》作者在结构戏曲上是颇费心机的，是下了一番大功夫的。

李贽说"天之所生，地之所长，百卉俱在，人见而爱之也"。他是以自然造化为最美。但美是多种多样的，艺术美就是要人工的织就和创造。其实李贽真正反对的是《琵琶记》鼓吹"发乎情，止乎礼义"，以正"社会风化"。他认为《琵琶记》刻意地组织人物，勾画情节，有了斧凿痕迹就不自然了。他说："惟作者穷极工，不遗余力，是故语尽而意亦尽，词竭而味索然亦随之竭。吾尝揽《琵琶》而弹之矣，一弹而叹，再弹而怨；三弹而向之怨叹无复存者。此其故何耶？以其似真非真，所以入人心者不深耶？盖虽工巧之极，其气力限量只可达于皮肤骨血之间，则其感人仅仅如是，何足怪哉？《西厢》、《拜月》乃不如是。"对同一戏剧的观感不同这是很正常的事情。李贽是一个浪漫型的思想家，他追求的是新颖自然传奇。《琵琶记》所写恰恰不是浪漫爱情，写的是普普通通的家庭生活，这种生活是当时人司空见惯的，对于李贽来说已经没有什么新奇性。但是他也不能不承认作品一开始很吸引他，是有一定感染力的，不得不承认作品结构"工巧"，不过因为《琵琶记》写得太现实了，所以让他觉得平淡无奇。一句话他是看不上作者的创作意旨，但是对作者的"画工"之技巧他是首肯无疑的。有人说："在李贽看来，作者虽然有才华，立意也未尝不好，但是这种

创作的方法、创作的态度，背离了天工自然，流于做作，最后是似真非真，没有感动人的力量，所以，最终会被人们所忘记。"对于这种说法，事实已经给了有力的反驳，几百年来《琵琶记》不仅没有被人遗忘，而且还在被当今人们欣赏，传唱。可见《琵琶记》的结构"画工"之巧也是被人们认可的。还是明代戏曲家魏良辅在他的《曲律》中说得好："《琵琶记》虽出于《拜月亭》之后，然自为'曲祖'"。明代王世贞说："则诚所以冠绝诸剧者，不唯其琢句之工，使事之美而已，其体贴人情，委曲必尽；描写物态，仿佛如生；回答之际，了不见扭造，所以佳耳。"也就是说，尽管高明精心结撰，尽管作品如李贽所说是"画工"之作，可也已经达到"工整"，使人赏心悦目，且不见人工雕琢的痕迹。对于有人抬高《拜月》贬低《琵琶》，王世贞大不以为然，斥责那种看法是"大谬也"。他说《拜月》"中间虽有一二佳曲，然无词家大学问，一短也；既无风情，又无裨风教，二短也；歌演终场，不能使人堕泪，三短也。"尽管这段评说有些贬低《拜月》之嫌，但是也可见评家各有所好。当今人们把《琵琶记》与《西厢记》、《牡丹亭》、《长生殿》、《桃花扇》同列为我国古代五大名剧，这才是经历时间考验的结论。

二、悲喜相映，以喜衬悲

《琵琶记》双线并行结构的成功运用，为剧情发展找到了最好的途径。而该剧悲喜相映、以喜衬悲、悲喜相交的手法则成就了该剧悲剧的独特性质，这可以说是作者苦心孤诣的独创。

一部剧作要使人感动，必须塑造出感人的艺术形象，塑造人物必须要在人物的语言、行动、表情等等方面下功夫，而语言则是关键。语言不仅要句句符合人物身份，而且还要包含情感。明代戏曲家孟称

159

真情持守
凄苦缠绵
《琵琶记》

WEN

HUA

ZHONG

GUO

舜曾道："撰曲者，不化身为曲中之人，则不能为曲。"也就是说剧作者要想写活剧中人物，必须设身处地以剧中人物的思想情感说话，说话的语气口吻必须就是那剧中之人，而不是别个人。正像李渔所讲："情乃一人之情，说张三要像张三，难通融李四。""传奇妙在入情"。《琵琶记》作者高明可谓深谙此中三昧，所以他能把握其笔下人物的细微情感。徐渭在其《南词叙录》中评道："或言'《琵琶记》高处在《庆寿》、《成婚》、《弹琴》、《赏月》诸大套。'此犹有规模可寻。惟《食糠》、《尝药》、《筑坟》、《写真》诸作，从人心流出，严沧浪言'水中之月，空中之影'最不可到。如【十八答】句句是常言俗语，扭作曲子，点铁成金，信是妙手。"

《琵琶记》的语言以本色为主朴素无华，不同人物的语言有不同的个性风格。如第二十九出《乞丐寻夫》赵五娘所唱【三仙桥】：

一从他每死后，要相逢不能够。除非梦里暂时略聚首。若要描，描不就，暗想象，教我未写先泪流。描不出他苦心头；描不出他饥症候；描不出他望孩儿的睁睁两眸。只画得他发飕飕，和那衣衫敝垢。休休，若画做好容颜，须不是赵五娘的姑舅。

我待画他个庞儿带厚，你可又饥荒消瘦。我待画他个庞儿展舒，他自来长恁面皱。若画出来，真是丑，那更我心忧，也做不出他欢容笑口。（白）不是我不会画着好的，我从嫁来他家，（唱）只见他两月稍优游，他其余都是愁。（白）那两月稍优游，我可又忘了。这三四年间，（唱）我只记得他形衰貌朽。（白）这真容呵，（唱）便做他孩儿收，也认不得是当初父母。休休，纵认不得是蔡伯喈当初爹娘，须认得是赵五娘近日来的姑舅。

这两支曲用最浅显的口语，写最悲怆的心曲。明代李贽在眉批中称赞说："二曲非但传蔡公蔡婆之神，并传赵五娘之神矣，绝妙！"所以毛声山评："《琵琶记》在性情上着功夫，并不以词调巧倩见长。"

《琵琶记》塑造人物多侧面、多角度、多层次，深刻剖析人物心理和情感的最细微处，从而使人物形象十分丰满。而运用悲喜结合悲喜相映的手法刻画人物则是《琵琶记》突出的特色。赵五娘一上场唱的第一支曲子是欢快的："最喜今朝春酒熟，满目花开如绣"，此时她是一个新嫁娘，她"深惭燕尔，持杯自觉娇羞"。她满足于家庭和睦生活安然，道："更清淡安闲，乐事如今谁更有。"紧接着因为丈夫离家赶考，她身负替丈夫照顾年迈公婆的重担，感到"我的一身难上难"。果然一连串的厄运随后就降临到她的头上，这个人物的悲剧色彩越来越浓。赵五娘，一个新嫁娘的欢喜和她以后的悲惨遭遇形成鲜明对比，这就使观众读者对她更加同情，为她落泪。

《琵琶记》运用悲喜相映手法塑造人物更突出表现在对主人公蔡伯喈的刻画上。蔡伯喈本心想好好照顾父母，照顾妻子，可是事情的发展却与他的本意相违，使他不能在家里跟父母妻子厮守。偏偏他身子离家，心思却仍在父母妻子身边，所以他的优柔寡断既让人同情，又让人怨恨。他一出场就表明了是一个矛盾人物：他既恋家，又向往功名。《中国十大古典悲剧》说"开头即写蔡伯喈遵守孝道，不慕功名"，此说并不准确，他不是不慕，而是隐忍。他内心真正向往的是"风云太平日，正骅骝驰骋，鱼龙将化"。只是看到父母年迈，他一时不便应考，才将"功名富贵，付之天也"。他是在等待时机的到来。他的父亲"逼迫"他应考，应该说在一定程度上"正中下怀"。所以他中举就大呼："今日方显男儿志"，"一举成名天下知"。但是毕竟他是个孝子义夫，他念念不忘家乡父母妻子，在"琼林宴"上想起家人，"纵有香醪欲饮，难下我的喉咙"。蔡伯喈忽悲忽喜，正反映了这个人物内心复杂的情感。

在整个剧本中蔡伯喈始终处于亦悲亦喜，悲喜交加，进退两难的状态中。他要考取功名实现自己的夙愿，本应是喜，可是因此他就不

真情持守

凄苦缠绵
《琵琶记》

WEN

HUA

ZHONG

GUO

能守候在年迈的父母身边以尽孝心，因此离家时他是忧心忡忡。考中之后，他曾有刹那间的狂喜，但随之他就跌入无尽的愁思。更有他得官，奉旨成婚，入赘相府，其内心也是悲喜纠结。他道："我亲衰老，妻幼娇，万里关山音信杳。他那里举目凄凄，俺这里回首迢迢。他那里望得眼穿儿不到，俺这里哭得泪干亲难保。闪杀人一封丹凤诏！"蔡伯喈何曾想到中状元之后会有那么多烦恼。剧中写蔡伯喈的喜不过是为写其悲做铺垫埋伏，其"喜"，不过是其悲的因由罢了。

毛声山评论说："今观《琵琶》一书，所绘天性之亲者，抑何其无不逼真，无不曲至乎。"又说其情节："可谓曲折淋漓，极情尽致矣。"可以说《琵琶记》在情节场面安排上也是用了悲喜相映的艺术手法。这里且不说其故事情节安排得跌宕起伏，只说其安排的过场戏插科打诨，这种过场跟全剧情节或者没有必然联系，但是又密切相关，因为它的作用是活跃剧场气氛，振奋人的精神，以引起人们对剧中主要情节的注意。《琵琶记》因多次运用插科打诨的喜剧手段，才使人们对剧中的悲剧气氛不感到过于压抑，使那大段唱词不至于让人感到沉闷。这种悲喜相间，在悲剧中插入喜剧性小品的艺术手段是中国戏曲的传统手法，《琵琶记》运用得非常成功。第八出《文场选士》一方面通过净丑两角色的插科打诨讽刺科举如同儿戏，幽默风趣，令人解颐，一方面为下一场赵五娘临妆感叹、大段抒写内心悲苦的唱曲活跃了气氛，让人们在全神贯注的状态下去聆听。这不能不说是作者在场面安排上的良苦用心。大段唱曲之后又是《杏园春宴》的打诨，虽然冗长了一些，但是净丑角色的言辞紧扣科举状况，以身说法，其现实性还是能够吸引观众的。正如第十七出《义仓赈济》净丑的打诨，它以自我招供的形式揭露官场贪污的恶行，这些插科打诨表面看好似临时逗笑，实则深化扩充了全剧的社会意义，使一个家庭悲剧具有了社会意义。

又如《琵琶记》第三出【牛氏规奴】丑角惜春丫头打诨说："院公，你哪得知我吃小姐苦哩！并不许半步胡踹，又不要我说男儿那边厢去。咳，苦也！你不要男儿，我须要哩。……"

净角老姥姥说："却不道秋茄晚结，菊花晚发，我虽然老便老，似京枣，外面皱，里头好。你不闻东村有个李太婆，年纪七八十岁，头光挞挞的，也只要嫁人……"看似是两个丫鬟仆妇闲耍荤话，实际是映衬牛小姐的孤寂悲苦，她们说出了小姐不敢说的话，这就是"以喜衬悲"。《琵琶记》情节安排上的过场戏，插科打诨引发的笑声是一种令人心酸的笑，是一种苦笑，是一种含悲的笑，在笑声过后人们会有一种悲哀之情袭上心头。这是作者运用悲喜相映、以喜衬悲艺术手法的又一成功表现。

三、悲欢离合，痛定思痛

戏剧，作为一种古老的文艺形式，存在于全世界。东西方的戏剧各有特色，就悲剧而言，西方悲剧有命运悲剧、性格悲剧、社会悲剧之分，结局一般是悲惨的，不能以大团圆收场。悲剧的主人公必须是无辜的受害者。往往是崇高的英雄人物，必须最终遭到打击、毁灭，这种悲剧给人一种"痛"的快感。有人拿西方的悲剧模式来套解中国古典悲剧，用西方悲剧标准衡量中国戏剧，就说中国的悲剧不发达，甚至可以说中国基本上没有悲剧。这实在是一种误解，也是因为他们对中国地道的悲剧根本不明白。

《琵琶记》就是一部中国古典悲剧，还可以说是一部典型的、有代表性的中国古典悲剧。当然中国古典悲剧的种类也不是单一的，就《琵琶记》一种样式。按照表现手法、人物特征、故事情节和审美特点，中国古典悲剧也可以分出若干类别。总体而言，中国古典悲剧的

163

真情持守
凄苦缠绵
《琵琶记》

WEN

HUA

ZHONG

GUO

主旨意在给观众和读者以"鼓舞",令观众和读者为剧中人物一掬感动和同情之泪,因此中国悲剧主要角色的身份是可以"自由"选定的。而从普通人日常生活中描写苦情,则是中国早期悲剧情节的一大特点。中国古典悲剧的创作形式和方法一般都要采用悲喜相交的样式,可以说讲求悲欢离合,这是中国戏曲的民族特色。以悲离为主则成为悲剧,以欢合为主则成为喜剧。中国古典戏曲总是悲剧中有喜剧因素,喜剧中有悲剧因素,悲喜结合是中国戏曲的传统表现手法,但这并不是一半对一半的结合,而是有主有次的安排。这是中国传统的悲剧跟西方的悲剧又一个明显的差异。

《琵琶记》的主要人物都是社会上的普通民众,都是小人物。这些人物对压迫束缚他们的权贵或不敢反抗,或无力反抗,对自己的命运采取了逆来顺受的态度,以无可奈何或自我牺牲来应对加在他们身上的压力。他们缺乏崇高的美德,但是是软弱的人、是善良的人,因此他们不幸的遭遇和悲苦命运更能引起普通观众和读者的深切同情。这就是《琵琶记》何以是悲剧的原因。《琵琶记》情节发展一波三折,人物命运多舛,在表现手法上突出特点就是悲喜交错并用。它是悲欢离合样式的典型代表。《琵琶记》戏剧开场气氛温馨,蔡伯喈一家生活和睦安乐。第二出《高堂称寿》蔡伯喈道:"回首,叹瞬息乌飞兔走,喜爹妈双全,谢天相佑。"他的妻子赵五娘随即应答说:"不谬,更清淡安闲,乐事如今谁更有。"他们共同歌唱:"春花明彩袖,春酒泛金瓯。但愿岁岁年年人长在,父母共夫妻相劝酬。"而他们的父母则歌唱:"夫妻好厮守,父母愿长久。坐对两山排闼青来好,看将一水护田畴。"他们希望"山青水绿还依旧,叹人生青春难又。惟有快活是良谋"。

但是随着戏剧情节的展开和一连串变故的发生,这个家庭各个成员的命运都发生了悲剧性的变化。蔡伯喈从离家之后就变得身不由己,

做出了许多违心的事情，这使他心中时时作痛，令观者读者骂他、恨他、可怜他、同情他，也为他感到悲哀。赵五娘则更是历经悲苦磨难，几乎痛不欲生，最后竟沦为乞丐，使人对她敬重，怜爱，抱屈，为她悲伤。牛小姐本来知书达理、生活优裕，可是竟然糊里糊涂做了人家的小妾，充当了"第三者"的角色，她无奈，她宽和，可是读者、观者也是为她深感遗憾，为她感到委屈、感伤。《琵琶记》整部剧没有西方悲剧那样的结构，那样单一的情节，那样高大的人物，但是就是这剧中普普通通的小人物，他们并不高的生活目标，却不能实现，这就是活生生的人生悲剧。它演的是一个家庭悲剧，同时也是社会悲剧。

　　《琵琶记》是以那个时代那个社会的伦理纲常本身的矛盾——"忠孝不能两全"为悲剧的基础和主线，以阐扬"百善孝为先"的道德风化为目标，运用悲欢离合的手段进行表现，最后以大团圆为结局，却令人痛定思痛。这就是《琵琶记》的悲剧结构。中国古典戏剧传统的大团圆结局，在悲欢离合的结构中，当然属于"合"，但是这个"合"在不同戏剧中的意味却不一样——因为中国古典悲剧的结尾也会是"大团圆"的收场。《琵琶记》结局的"合"就是"悲剧性"的合。虽然表面看是一家团圆，皇帝嘉奖，好像是喜气洋洋，实际让人心里更难受。团圆，是在父母坟前的团圆，是在告慰天上的亡灵，是在忏悔他们没有"尽孝"的过愆。团圆是表面的，人物内心却都是不平静的。可以说，怅惘、悲凉，甚至还有酸楚，才是他们真实的心境。蔡伯喈、赵五娘、牛小姐他们各人有各人心中的苦衷。受到皇帝嘉奖，他们不过是忍悲为喜罢了。尽管宣诏使者与邻里们为旌表之事又是贺喜又是颂扬，却改变不了当事者的惆怅与感伤。再说皇帝的嘉奖在坟前宣布也是一种莫大的讽刺。这种悲剧性的"合"跟全剧的悲剧情调是吻合的，它虽是"团圆"样式，却是悲剧性质。团圆结尾这是中国古典悲剧常用的一种艺术手法，在《琵琶记》中，它给人很多画外之音，言

165

真情持守

凄苦缠绵
《琵琶记》

WEN

HUA

ZHONG

GUO

外之意，给人们留下无尽的思考，那感觉就是痛定思痛啊！虽是团圆，但悲伤的意味更浓。

四、仁者见仁，智者见智

《琵琶记》是什么性质的作品，应该怎样评价，历来是仁者见仁，智者见智，许多意见是针锋相对的。这其中一方面因为作品本身存在着一些不协调因素，另一方面则是因为读者观者彼此认识上有一些显著的差异。可以说《琵琶记》是古典戏曲评论中从古到今争议最多的一个剧本。古代争议不说，仅当代人的评论就有如下分歧：

首先，剧本的主旨是什么？有人说《琵琶记》是一部旨在宣扬封建道德教化的剧作，所以它很受统治者的欢迎。明代开国皇帝朱元璋都说它可贵，其价值甚至超过四书、五经。持这种意见的人大多引证《琵琶记》第一出《副末开场》【水调歌头】的宣言，说剧作明白宣告就是要宣扬"子孝妻贤"，就是宣扬陈腐的封建伦理、封建道德。但是有的人则认为不能把《琵琶记》剧作的主旨简单化，《琵琶记》也不是陈腐的说教。观剧不能只看开头说什么，还要看后面实际演的是什么。他们认为剧情所涉及的一系列问题，如"忠"、"孝"的矛盾，个人意愿与社会统治力量的冲突，都表现了作者对生活现实的关注和思考，所以说该剧"通过蔡伯喈和赵五娘悲剧性的遭遇，揭露了封建道德对善良人民和平生活的破坏作用，揭露了全忠全孝的虚伪和毒害"。还有人说《琵琶记》"通过赵五娘和蔡伯喈形象的塑造，反映了封建制度、科举制度下，劳动妇女和下层知识分子一种共同性的悲剧命运，表达了人们对他们的遭遇所引起的共鸣和对正当的、合乎情理的道德行为的期望"。更有人折中说："作者的本意是宣扬忠孝的。所以，在此剧中没有恶人。不仅蔡伯喈、赵五娘善良，即使牛小姐和牛相国都

不是坏人，也都是怀着忠孝之心的善良之辈。"该剧不愧为一部反映现实生活的优秀剧作。

我们以为《琵琶记》是七百多年前的剧作，它必然要深深打上时代的烙印。说它宣扬封建道德，宣扬忠孝，歌颂三纲五常并没有错，因为作者就是那个时代的人，受那个时代的教育，要是要求作者或作品宣扬共产主义那才是笑话了。问题是怎样认识作品所宣扬的内容？是不是封建道德就一无是处？"孝"在今天到底还要不要？"伦理道德"到底还讲不讲？承认不承认人有人性？在《琵琶记》宣扬的主题中有没有可以汲取的肯定的成分？我们认同《琵琶记》是一部写实主义的作品，它的内容反映了那个时代普通人的家庭生活以及他们的道德观念和生活理想，其中不乏一些国人视为可贵的优秀的传统美德，诸如吃苦耐劳、忍辱负重、自我牺牲、宽容贤惠、坚强、善良、孝顺、注重亲情、执着爱情、珍惜友情等等，它们反映了中华民族传统的人性美、道德美。这才是作者在剧作开篇宣言要达到"正风化"的意旨。

尽管作者的思想体系是封建的，但由于现实生活的教训，他对封建社会的某些事物也怀抱不满。他曾经历了一些仕途的风波，他曾看到了那个时代、那个社会令他反感的一些现实。他长久深入民间，生活在社会下层，了解民众的困难和痛苦，所以他把蔡伯喈的"全忠"写成了那样的"不忠"，写出了蔡伯喈欲行孝却又不能的困苦。他写赵五娘的贤惠，就描画出了灾荒年岁残酷的景象和里正的恶行，这才是他要"正风化"的用心。

其次，关于剧作情节的主线，有人认为全剧情节发展就是"忠"与"孝"矛盾的逐渐展开与解决。有的人则否认此剧在客观上表现了"忠"，根本就没有写"忠"，全剧只写了一个"孝"字，"忠"只是陪衬而已。有人认为"三不从"是情节的主线。有的人则说推动此剧剧情发展的不是那些表面的东西，而是"隐性矛盾"，那就是社会化的伦

理道德和蔡伯喈个人欲求之间的矛盾。

我们以为剧作是以"忠孝不能两全"的矛盾揭示作为剧情发展的主线，"三不从"则是这种揭示的具体情节的设计，而由"忠孝不能两全"生发出的蔡伯喈"三不从"为一条线，引带出赵五娘备尝艰苦的另一条线，两线并行交错前行，逐渐使剧中人物的性格展现，使剧中的冲突一波未平一波又起。这其中同时也交织进了以蔡父、皇帝、牛丞相为代表的纲常伦理的现实权力对蔡伯喈个人意志的压迫，连带赵五娘和牛小姐都陷入悲剧的命运。蔡伯喈虽然被塑造成一个孝心浓重、恪守封建道德的形象，但他也有对新婚妻子的爱恋，对田园生活的向往，这些都因为与君亲之命相冲突——忠、孝不能两全，而不能满足。

第三，关于人物形象的认识。有人认为蔡伯喈就是一个反面人物。有人认为蔡伯喈是一个善良软弱的书生，在蔡伯喈身上集中了中国传统知识分子的典型特征。更有人进一步说蔡伯喈是一个处于矛盾之中，充满痛苦的封建社会知识分子，流露出一种鲜明的不与统治者合作的态度，一种与封建政治、与统治阶级的离心倾向。还说蔡伯喈是一个具有民主进步思想的知识分子典型。对于赵五娘，尽管大多数人都认为她是中国古代普通妇女的形象代表，认为她淳朴、善良、贤惠、忠贞、顽强，她的刚毅、正直、勇于承担苦难、不惜牺牲自我，在很大程度上概括了古代社会众多妇女的美好品质。但也有人认为她是作者笔下宣扬封建道德的"孝妇"。认为这是一个矛盾的人物，高尚与愚昧、坚毅与懦弱在她身上密不可分地融合在一起。有人说高明作《琵琶记》是站在一个统治者——男性的角度上，塑造了他所希望的女性形象，突出男性社会要求妇女具有以自我牺牲来维持家庭的品格。对于牛小姐，不少人认为这是一个概念化的人物，这个人物就是作者进行封建说教的产物，但是又认为和作者的主观意图相反，人们从这个人物身上，同时看到了作者不知疲倦地提倡的"孝"这种封建道德的

虚伪。

我们则以为该剧在作者心目中并没有什么所谓的"反面人物"，要是有的话，就是那些插科打诨的次要角色，突出的是拐人钱财的拐儿，抢人粮食的里正，还有那些没有品行的媒婆和举子秀才等等小人物。就是皇帝、牛太师和试官等人，作者也无意把他们塑造成反面人物。他们都是作者依照社会现实生活塑造出的活生生的人，这些人既然是"活生生"就不是概念化的，而是有血有肉的，有自己个性的，他们每一个人都是独特的"这一个"，是戏剧艺术人物。对于这些艺术人物，人们可以由自己的观点出发自由品评，各有所好。

第四，对于该剧结尾，有人说：全剧以"一门旌表"作结，这不仅削弱了原作的现实意义，而且反映出一夫多妻、"妻贤夫祸少"的庸俗倾向。有人则说这种"大团圆"式样的结尾则是中国戏曲的特色，是中国悲剧的创造。我们说《琵琶记》的"大团圆"结尾是剧情发展的需要，也是人物性格的必然结局，并不是作者生捏硬造。因此这种结尾有它的合理性。不管这种结尾是不是中国戏曲的传统模式，是不是悲剧创造，至少它没有削弱剧作的现实意义，而是加深了人们对现实的思考。说它"庸俗"，是太表面化看问题了。

第五，关于败笔问题。有人说《琵琶记》有很多疏漏，有很多不合理，有很多不可理解，那都是作者太欠缺考虑，甚至下笔太随意的原因。比如他们说蔡伯喈是独子，所以他不会晚婚，并推测说什么蔡伯喈大婚时，顶多二十出头。蔡氏父母八十有余，八十有余的父母，怎么会有二十多岁的儿子？就是现在，医学设备这么发达齐全，也是闻所未闻。又说皇帝不让蔡伯喈辞官，蔡伯喈难道不能派人迎接父母来，再说三年竟然跟家中毫不通信息，完全不可信，经不起认真的分析。作者编造种种客观原因都是为了宣扬他的理念，他的说教，开脱蔡伯喈的"弃亲背妇"的责任。有人又大度地说许多漏洞可以看做只

169

真情持守

凄苦缠绵
《琵琶记》

WEN

HUA

ZHONG

GUO

是一些情节上的问题，不必太重视，只看主要方面就可以了。

我们说任何作品都可能会有令人不满意的地方。人无完人，金无足赤，一人难称百人心。一部作品出来，人们有各种非议责难并不奇怪，有不同看法更是正常。这种现象恰恰说明这部作品写成功了，触动了人心。如果一部作品诞生后始终无声无息，无人理睬，那才是最大的失败。其实人们说的《琵琶记》的那些所谓"败笔"，所谓"疏漏"，也不过是仁者见仁智者见智罢了。假如高明再世一定会给人们一个合理的解释。世上任何事有一般也有特殊，人们总是用一般的规律去看待自己遇到的事物，其实往往是自己少见多怪罢了。我们无意为高明去辩解，也无需去辩解，《琵琶记》自问世到如今依然在被人们讨论，被人以各种艺术形式传唱，假如高明地下有知，也足以值得欣慰和自豪了。

第十一章

面对当今，掩卷深思

171

真情持守

凄苦缠绵
《琵琶记》

WEN

HUA

ZHONG

GUO

一、难得的好媳妇

看过《琵琶记》的演出，或是读过《琵琶记》的剧本，人们总会有各种想法各种议论，前面我们从几个不同侧面分析了该剧的作者情况，剧本的创作情况、流传情况以及对剧作内容、剧本人物和剧作的艺术价值的评说，应该说人们由此会对《琵琶记》有一个全面的了解了。这里我们再从当今时代、潮流趋势或者说超前意识来说说人们从《琵琶记》会得到什么启发，或应该得到怎样的启迪，应该怎样看待《琵琶记》所反映出来的中华民族的传统美德。

首先来看赵五娘。对这个人物大多数人还是赞赏的，持肯定态度的，也有少数人对这一形象持否定的态度。这里我们就说说在当今时代，赵五娘还是不是可以被认可的贤惠妇女，按老百姓的话说，在当

今年轻人看来，赵五娘是不是一个好媳妇？这样的人当今社会对她是应该肯定还是否定？是需要还是应该摒弃？

众所周知，婆媳关系是自古至今家庭中难以处理的关系。因为按中国传统，男女结婚，女人要到男人家生活。所以也就有了买卖婚姻，重男轻女。女方家庭认为女孩儿是给人家养活的，早晚是人家的人，要到别人家生活，所以古来就有聘金和彩礼，实际就是男方给女方养育女儿的一种经济补偿。因为彩礼收得少，女方家不满意，往往就把女儿说成是"赔钱货"。可是一个女人到了男人家生活，最初地位是很低下的，往往跟丫鬟仆役一样，她们见人矮三分，要伺候丈夫、公婆，甚至还有小姑、小叔。在男方家中，这个嫁过来的媳妇是唯一的外姓人，因此她们不被信任，家庭暴力经常会降临她们头上。旧社会妇女在社会最底层，媳妇在男人家的地位就是最低下的。人心都是肉长的，人都是有感情的，如果公婆对儿媳不满，百般挑剔，呼来唤去，只做奴仆使唤，媳妇嘴上不言，也不敢言，但是心里对公婆也自会多有怨恨。这样的家庭关系自然经常会剑拔弩张鸡吵鹅斗。

所以古来对女人要求"三从四德"，也就是要女人"逆来顺受"，老老实实、服服帖帖做男人的奴隶，家庭的奴隶。这在当今时代，妇女翻身解放跟男人地位已经平等的情况下，肯定是要受到彻底批判的，更是年轻人不能接受的。所以在女权主义者眼中赵五娘的行事和处理事情的态度方法是绝对要不得的，这个艺术形象是绝对要否定的。女权主义者认为女人绝不能在男人面前，在家庭中像赵五娘那样做一个"受气包"，被公婆当做"出气筒"，她不该唯唯诺诺也不该忍气吞声，更不该不敢争取自己的权益，还替丈夫行孝。为什么要替？还背地里吃糠，被婆婆误解，真是傻到家了。

尽管女权主义者对赵五娘不齿，为她抱屈，对她鄙视，但是我们要问：难道作为一个媳妇在家庭中飞扬跋扈，颐指气使，处处拔尖要

占上风，就好吗？一个媳妇一定要丈夫对其"俯首称臣"、"唯命是听"才得意吗？我们说人与人之间的关系，特别是家庭关系、夫妻关系、婆媳关系，最理想的状态就是和谐相处，互敬互爱。就像《琵琶记》开场所展示的蔡伯喈一家的境况，那就是一种家庭和睦生活的场景。

家庭，从古到今，其组成，其成员之间的关系、相处大同小异。如今虽然不强调女人跟男人结婚一定要到男人家去，但是事实上，传统的力量是难以抗拒的，世俗习惯还在主宰着很多人的头脑，因此不少女人婚后依然是要跟随男人，到男人家生活。特别是在农村，这种风俗几乎没有多大改变。女人嫁给男人，身份改变，而成为男人的媳妇，怎样做才是一个好媳妇？

当今年轻人会说我爱的是我的男人，为我的男人做什么我都心甘情愿，凭什么我还得喜欢他的父母家人？所以有些姑娘找对象条件之一，就是那男人须是独身一人，没有家庭之累。要不就是提出条件：婚后必须单过，绝不跟丈夫的父母生活在一起。更超前一点的甚至提出只同居，不结婚，为的就是不跟男方家庭发生纠葛。这样的媳妇应该说当今已经为数不少，她们是坚决不愿意做赵五娘那样的媳妇的。

我们无意责怪这样的年轻人，因为当今每个人采取怎样的恋爱结婚生活方式，是每个人的自由。但是我们要说的是，既然女人出嫁做了媳妇，就有一个面对男人家庭成员的问题（当然，男人也有一个如何面对媳妇家庭成员的问题，那是另一回事，这里就不涉及了）。如果不面对，就是逃避，逃避却是不能的，因为那是现实的存在，血缘关系的结合。做了媳妇，你是一个男人的女人了，同时你也就自然而然成为这个男人家庭里的一个女人。你不承认，就是六亲不认。六亲不认就是冷酷无情，被社会舆论所不齿，同时逐渐也会受到丈夫的责备。因为男人娶了媳妇忘了娘，同样也是不道德的，受人谴责的。也就是

173

真情持守

凄苦缠绵
《琵琶记》

WEN

HUA

ZHONG

GUO

说一个人，无论男女，他都不是从石头缝里蹦出来的，他都要有父母亲情，一代一代人都是如此。除非你是单身主义者，否则就不能不尽做媳妇的责任和义务——面对丈夫和他的家庭，做一个好媳妇，努力保持整个家庭的和谐。

假如我们这样看赵五娘，她就值得尊敬和礼赞了。因为五娘身上有许多值得当今年轻人借鉴的优秀品德。她舍己为人、勤劳善良。她不愿丈夫离家赶考，却并没有因为丈夫不听她的劝告就大哭大闹。现在有的姑娘也许会采取决绝态度——你不听我的，咱就离婚！当今离婚率很高，往往就是因为小两口在某一问题上意见有分歧，互不退让的缘故。然而爱是需要代价，需要付出，需要牺牲的。五娘深知这个道理。有人会问，为什么就得女人退让？当然不一定就得女人退让，要看是什么问题。蔡伯喈赶考是他作为古代读书人的必然选择，而且也是寻常百姓家改换门庭的唯一道路，所以蔡伯喈要离家赶考是早晚的事情。五娘感情上不愿意丈夫出行，道理上她不能不懂，所以她要牺牲自己的情感，成就丈夫和公公的心愿。当今家庭也还会遇到同样的类似的问题——丈夫离家打工、读书、出国，为了丈夫的前程，媳妇是扯后腿还是做牺牲？五娘的行为可以为鉴。

赵五娘知书达理孝敬公婆，作为媳妇，丈夫离家后，她毅然挑起了替丈夫尽孝的责任，同时也是在尽做儿媳的本分，伺候公婆尽心尽力。当今的媳妇在丈夫离家后还能像五娘那样像孝敬自己生身父母那样照顾公婆吗？有人会这样，有人就不一定了，三两天行，像五娘那样数年如一日，恐怕有不少年轻人就做不到了。实际这里面有一个对爱情怎样理解的问题。古人云"爱屋及乌"，你爱一个男人，就不能眼光只看到他一个人，因为他不是孤立的，他有种种社会关系，特别是他也有父母，连父母都不爱的人，还值得你爱吗？既然他爱他的父母，你爱他，你也要去爱他的父母，既然他不在家，你要代他孝敬他的父

母，也即自己的公婆。五娘做到了，如今的年轻人不应该向五娘学习吗？

赵五娘面对困难勇敢顽强。家庭生活是琐细的，家务事是无尽无休的。平常年景好说，遇到特殊情况，对媳妇就是艰巨的考验。五娘遇到了灾荒年，遇到了公婆年迈多病，遇到了被强人欺侮，但是五娘都挺过来了，且不改初衷。尽管这期间她有过埋怨，有过退缩，那是人之常情，否则五娘就是神不是人了。假如当今的儿媳们遇到五娘同样的境况，又会怎样？能做到先人后己，礼让公婆吗？能做到自己吃苦，默默忍受吗？能做到无怨无悔吗？五娘的表现确确实实给当今年轻人做出了表率。

《琵琶记》作者对赵五娘进行了高度的赞扬，她是作者心目中的传统妇女的完美代表。五娘确实是古代封建社会下被歧视，被不平等对待的女人们的行为楷模。但是我们要说媳妇要做到像五娘那样，就是在今天也依然会被众人称赞是一个好媳妇的。因为不论封建社会还是当今社会，媳妇还是媳妇。五娘足以为当今媳妇们的行为借鉴。

二、独生子的困境

在 20 世纪中叶，文艺界讨论《琵琶记》时，曾有人说：封建社会制度废除了，子女和父母的关系今天还是存在的，子女对父母仍然会有也应该有感情，而且对于年老的不能劳动的父母，子女仍然会有也应该有供养的社会义务，然而这不能叫做"孝"；媳妇和公婆的关系今天也还是存在的，如果生活在一起应该和睦相处，然而这也不能叫做"孝"；妻子和丈夫的关系今天也还是存在的，应该互有爱情，互相忠实，然而这也不能叫做"节"。在这些人看来时代变了，表示家庭关系的传统词语也要改变，不然就不叫"革命"了。曾几何时我们对孔夫

子是批了又批，打倒再打倒，还要踏上一只脚，叫他永不得翻身！可是当今全世界都在兴办"孔子学院"，过去被一批再批的"儒家学说"，又被捧上"国学"的宝座。有的学校甚至规定学生不会背诵《弟子规》等儒家著述，就不能毕业。"孝敬"父母又重新被提到日程之上。看来民族传统、道德伦理，并不是扣上一顶"封建"帽子，说抛弃就能抛弃的。就像甚嚣尘上的"读书无用论"也只能是猖獗一时，历史证明那些要把民族传统伦理道德统统打倒的人，不过是跳梁小丑罢了。历史自有历史发展的轨迹，书总要读，那是知识的海洋；人总要有知识有文化，社会才能前进发展。因为"知识就是力量"。人总要有人性，总要有亲情、爱情、友情。传统的道德伦理必须批判地继承，而不能全盘否定。这里就涉及到《琵琶记》中蔡伯喈很有代表性的身份——独子，其行事左右为难，跟他这种身份有很大的关系。

《琵琶记》所写的"孝子贤妻"一方面写出了儿子儿媳对老人竭尽心力的照料孝敬，一方面写出了作为"独子"在家庭、社会生活处事是多么不易。试想，假如蔡伯喈有亲兄弟，哪怕有一个，他还会那么难以离家吗？还会背负沉重的精神负担吗？就因为他是一个独子，父母年迈，他要想赶考实现自己的梦想，就感到十分为难。最后他只能决定将功名之念"付之于天"。就是不去赶考了，在家侍奉父母。可贵的是他的老爸知道儿子胸怀远大，也是可造之材，"逼迫"蔡伯喈去赶考，实现儿子也是一家改换门庭的宏愿。如果蔡伯喈不是独子，那么就是他滞留京都，在家乡也有兄弟照顾老爸老妈，两位老人也许不会在灾荒年很快去世，赵五娘也就不会遭受那么多苦难。虽然说蔡伯喈的种种身份是作者有意安排，为的就是更好表现剧中人的"忠孝"，以正风化，但是独子在家没有帮手，遇事实际上常常会捉襟见肘，左右为难啊。

比如当今社会，又有多少独子会遭遇蔡伯喈同样的处境啊。家居

穷乡僻壤，生活拮据，再加上父母身体多病或年迈，此时独子就是心比天高，也难于迈出家门啊。而像蔡伯喈那样最后横下心来冲出家乡，到了大学，他们心中又何曾有一日安宁？他们日日夜夜想念家乡，惦念父母。中间他们不是不想回家看望父母，可是他们连回家的火车票钱都掏不出来。所以许多穷困的大学生假期都要打工，恨不能自己挣够学费，不要年迈父母为自己操心。这其中不少大学生甚至不惜卖身挣钱，为的是能够减轻爸妈的负担。独子的难处就在于他毫无帮手，独力难支。不身处其境，人们是很难体会独子遇到事情的困窘无助。为了将来，有的独子只能含羞带愧，放下尊严，有所牺牲，就像当年韩信忍受胯下之辱一样。过去说"饿死事小，失节事大"，人们把贞节看得比性命还重要。是的，为人不能不讲道德，不讲贞节，不讲道义，但是行事总有个轻重缓急。蔡伯喈身为独子遇到那样的皇帝，那样的太师，那样的环境，他实在是无可奈何。他能够身在朝堂心念家乡父母妻子，就已经很难为他了。换一个人也许还不如蔡伯喈有情有义，陈世美不就是另一类人的典型吗？

就是当今，环境变了，人心也会变。某些独子来到大学，来到大城市，看到"花花世界"为自己家境穷困而羞愧，不认爹娘，不思努力学习，却想歪门邪道，偷摸耍滑，结交酒肉朋友，甚至与城市恶势力勾连，走上各种犯罪道路。他们比蔡伯喈那就是宵小之徒了。当今的独子应该看到蔡伯喈的雄心壮志，应该看到蔡伯喈对父母妻子的深深眷恋。当今的交通发达，通讯便捷，常给爸妈打个电话，写封信，甚至在网上聊聊天不是不能做到的事情了。父母养育儿女，儿女长大成人，孝敬父母那是理所应当之事。儿女大学毕业留城工作是乡野老人的心愿，只要儿女过得好，他们就心满意足了。这一点古今父母之心是相同的。当今的独子们理当自强，理当不忘父母家乡。尽管独子处事有时候很难，就是再难也要像蔡伯喈那样心怀父母妻子，做一个有情有义之人。

三、可怜天下父母心

《琵琶记》表现的是一个普通家庭的生活故事，这个故事以男女婚后生活为中心，阐述了与社会风化密切相关的孝道伦常在怎样影响着主人公的命运。故事涉及的社会层面相当宽广，其中所引发的思考，远比作者在剧中一再强调的"全忠全孝"、"子孝妻贤"，或某些评论所认为的"刺王四"或者"否定现实"、"宣扬礼教"之类深刻得多。因为它写的生活故事太普通了，太贴近生活本身了，因而也就对社会上上下下各种人的神经都有所触及，"逼迫"每一个观众和读者不得不思考自己所在的社会，所有的生活，以及自己和周围的人到底都在怎样的状态中。掩卷深思，前面我们评说了孝顺媳妇赵五娘，独生子蔡伯喈和小妾牛小姐，这里我们再看蔡父蔡母和牛太师，他们有一个共同的身份，那就是为人父母。我们要感叹的就是——可怜天下父母心。

养儿育女是父母的天职，为儿女着想是父母的本性。俗话说"虎毒不食子"，爱护子女无私无畏，天下父母同此一心。但是由于人不仅是自然人，还是一定社会中的人，所以父母对子女的爱也就打上了时代和阶级的烙印。尽管如此，时代不同，阶级不同，父母对子女的爱，还是有相同之处、相通之处的。

比如蔡父尽管年迈体衰，需要儿子在跟前侍奉，但是他为了儿子的前程，为了不埋没儿子的才华，"强令"儿子离家进京应考。这里不能理解成像某些人批判的那样，说什么蔡父是满脑子功名富贵，光想儿子一举高中光宗耀祖，批判蔡父是一个封建礼教的维护者、牺牲品。我们说蔡父所为其实也体现了一个父亲对儿子的挚爱。这种爱，在当今依然存在。

"望子成龙"，古今父母心意相似。众所周知，如今在很多城市，当中考、小升初录取工作结束后，升入初一、高一的学生，其家长会忙着在中学附近找房租房，准备陪读。更有不少父母在孩子年幼时就给他聘请了家庭辅导老师，这样做就是为了孩子能顺利考上大学。为了孩子能够考上大学，父母怎样的辛苦都会忍受。2012年4月25日新华网登载了记者吴珊的一篇报道，讲述了半身瘫痪14年的陈芳女士为了儿子能够考大学，每天在人才市场外，用轮椅当广告，帮老板或求职者代书挣钱。她说："现在，我最大的愿望是儿子能顺利考上大学，而我也能自食其力。最重要的是，能为儿子献上自己的一份力。"她的儿子小苑19岁，在中学念高三。陈芳说："娃娃要上大学了，肯定需要一笔开销，我能挣点算点，为家里减轻负担。"41岁的陈芳表示，为了儿子，再苦再累，她都会坚持到底。像陈芳这样艰难地为儿女挣钱上学的父母并不是少数，更有卖血、卖器官支持孩子上大学的——可怜天下父母心啊！

　　又比如牛太师，他为了唯一的女儿的婚事可谓费尽心思，非要让女儿嫁给一个状元郎。虽然这里有些家长专制，但是牛太师的本意，还不是为女儿未来的生活着想吗？因为状元郎是天下最有学问有文才的人了，这样的人肯定不会对妻子粗暴无礼，这样的人社会地位肯定不低，生活肯定不至于贫穷。女儿有这样一个归宿，这样一个依靠，做父亲的也就可以安心了。当今父母为儿女婚事操心者不是无处不在吗？尽管当今恋爱婚姻要男女自由，父母不应该再强制儿女服从自己的选择，但是有多少父母能够在儿女婚姻大事上采取不闻不问的态度？亲情天然使父母对子女的未来生活不可能不过问。门当户对，稳定工作、稳定收入，依然是父母为子女选择对象必然要考虑的现实问题。当然为此儿女跟父母意见不一致闹矛盾的也不少。中央电视台、地方电视台，几乎总有这样的报道。做儿女的应该懂得父母的良苦用心，

WEN

HUA

ZHONG

GUO

体会父母的善意爱心。作为子女，面对渐渐老去的父母，要用心理解，要尊重父母，要懂得感恩。网上流传一个帖子，列出了不要对爸妈说的9句话，记者调查发现，90%以上的年轻人说过这9句话中的一句或是几句。1. 好了好了，我知道，真啰嗦；2. 有事吗，没事我挂了；3. 说了你也不懂，别问了；4. 跟你说多少次不要你做，做又做不好；5. 你们那一套早就过时了；6. 叫你别收拾我房间，你看东西找都找不到了；7. 我要吃什么我知道，别给我夹；8. 说了别吃这些剩菜了，怎么老不听；9. 我自己有分寸，别说了，烦不烦。

我们说"世间爹妈情最真，泪血溶入儿女身。殚竭心力终为子，可怜天下父母心！"《琵琶记》会让人们思考——应该怎样善对父母。

四、远亲不如近邻

《琵琶记》为了陪衬主要人物，展开故事情节，烘托事件的气氛，塑造了一批次要角色，其中张太公这个人物尤为重要。通过他，剧本向人们展示了中国人，中华民族的传统美德——与人为善、仗义疏财、急人所难、救危扶困、忠于承诺、严守信义等。作为朋友，作为邻居，张太公可谓竭尽所能，竭尽心力。"远亲不如近邻"，真的很有道理。蔡伯喈一家要不是有张太公这个好邻居相助，他家的处境将会更加悲惨。不仅蔡父蔡母不能存活，恐怕连赵五娘也难以存活。赵五娘之所以能够在极其艰难困苦的境况下撑下去，固然首先有赖于她自己的坚强，但是张太公及时给予帮助，使赵五娘能够渡过难关也很关键。

"远亲不如近邻"在今天人与人之间的关系上，更有深刻体现。因为社会再不是古代农业社会，不是以小农经济为基础的社会，人们也再不是以家族聚居，以血缘亲情构成基本的社会团体。城市的兴起，工业的发达，使得许多陌生人从四面八方聚拢到一起，形成邻里邻居

关系。这种人与人之间的关系建立是社会的需要，人们交往的需要。邻里和睦相处，邻居互相帮助，这是传统，更是当今社会所提倡的新风尚。

邻居，邻居，就是比邻而居，一墙之隔或抬头不见低头见。彼此居住地，活动地，都非常近。那些有血缘关系的亲戚们反而居住的可能相当远，只有重大节日、假日或者彼此家里有什么红白喜事才相互联系走动。所以在日复一日的日常生活中，人们经常接触的不是居住在远处的亲戚而是近邻。那么邻居的作用、邻居彼此的关系在一定程度上说就远比某些亲戚更加密切了。家里发生个什么急事，需要人帮助，邻居就是最方便的，最及时的帮手。邻里互助，久之，关系就会自然而然比远亲要密切得多。

当然这个"远亲"还不只是说居住地的远近，还包括那些血缘关系比较远的亲戚，也就是民间所说的"五服以内"与"五服以外"的亲戚。"五服以外"基本上可以说没有什么血缘关系了。而当今由于婚姻制度的变化，"九族"不能说完全不存在，但是实际上一二服之外的亲情就已经非常淡漠了。人们甚至会觉得"兄弟不如朋友"，亲戚远没有邻居更亲切，关系更密切，更重要。特别是当今有许多"留守家庭"，儿女亲戚都在天边，你真是有点什么急需帮助的，他们也鞭长莫及，只能依靠近邻帮助，朋友相助。可以说邻里关系已经是当今社会生活的基础，是社会稳定的基础，和睦相处的邻里关系既是人们现实生活的需要，也是社会的需要。所以当今社会尤其重视小区建设，重视居委会的作用。

我们进一步说"邻"，也不要只是狭隘地理解为居住在自己近边的"邻居"，"邻"的概念还包括与一个人，一个家相联系的人，不仅包括邻居，而且包括身边的朋友、同事、同学，可以泛指同在一个社交圈内的人们。这些人是人们在生活和工作中要经常接触、经常打交道

WEN

HUA

ZHONG

GUO

的人，彼此之间关系融洽和谐是至关重要的，从大的方面说可以影响一个人的事业成就，从小的方面说可以影响一个人每天的心情、生活和工作。身边的人，正是因为他与你同在一个环境中，利害相关，了解实际情况，所以才需要彼此关心，与人为善，道义为重。

《琵琶记》塑造了一个个典型的艺术形象，用生动的故事讲述了人性良善，道德完美，展现了中华民族悠久的美好的传统。作者苦心孤诣"正风化"，就是要"惩恶扬善"，要人们学习剧中人物的美德，为人要忠孝，要慈善，要道义，要坚强，要助人为乐……当今人们读过看过《琵琶记》，无需去挑剔其中这样那样的不足与缺陷，因为那是时代的印记。我们只要领会作者的良苦用心和作品本身所展示的积极意义，自然就会觉得《琵琶记》的确是一部优秀作品了。

后　记

真情持守

凄苦缠绵
《琵琶记》

WEN

HUA

ZHONG

GUO

　　《琵琶记》是一部脍炙人口的优秀剧作，几百年来有数不清的人对其得失成败进行评说，从思想内容到艺术成就，从人物形象到审美价值，从其社会意义和史学地位等等方面，无不涉及。这次乔力先生主编此套丛书，将《西厢记》、《琵琶记》、《牡丹亭》、《桃花扇》、《长生殿》五大名剧放在一起，用当今观点再次评说，实在是一次非常有勇气的尝试。因为这五部剧作全都被人们一说再说了，如何跳脱前人的牢笼，如何说出一些新意，这是一件很不容易的事情，但这又是一件很有意义的事情。因为时代在发展，人们的观念在改变，过去的评说是在过去的时代背景下，人们是在过去的思想认识上的评说，那些评说有其合理性，也有些悖谬性，有的更是曲解或扭曲的评说，是臆想或者强奸人意，甚至是污蔑谩骂。

　　究竟应该怎样认识这些历史名剧，21世纪的人应该有自己的认识。就拿这五部剧作来说，它们有共同点，都可以说是爱情剧，但是就各部剧作自身来说，彼此却又有非常大的差异。就说《琵琶记》，它虽然写了蔡伯喈跟赵五娘还有牛小姐的婚姻爱情，但是这却不是它要表现

的主题，作者的立意是"正风化"。也就是说作者一下笔就给自己定立了一个深广的创作意旨，因此他虽然写的是普通家庭生活，可是却紧紧围绕社会最敏感的问题，人们天天要接触到的礼教问题，社会所提倡的"三纲五常"的自身矛盾等，来结撰剧情、塑造人物。所以此剧跟其他四部剧作的基调不同、意趣不同、色彩不同，可以说它更贴近广大民众的切身生活，更容易触动社会各阶层人们的敏感神经，从而就更容易引发人们的思考、讨论、争议。事实也是如此，各个时代的人们对这部剧作都有自己的评说，褒贬不一。

不过，不管是褒是贬，谁也不能否定这是一部社会影响深远的剧作。此前笔者曾经发表过关于《琵琶记》结构、人物、情节等写作特点的文章，但是此次要全面评说，深感担子沉重。但是又觉得应该进行新的评说，至少要当今人们知道《琵琶记》依然有着旺盛的生命力，有着明显的现实意义。该剧所要倡导的种种意向和传统在当今并没有过时，那时作者要"正风化"，当今依然要"正风化"。剧中人物在那时所表现的种种美德，当今依然是某些人所缺乏的，人们在某些方面倒是应该向剧中人好好学习。只要有条件，笔者建议当今的人们，不管男女老少，从事何种职业，是怎样的社会地位和身份，都要看看此剧的演出，或读读此剧的剧本。

正是基于这种想法，笔者不揣浅陋，斗胆妄评，甚至对前贤或名家的议论有些非议，不是笔者不恭敬，实在是一个时代有一个时代的观点。或许就某些年轻人来看笔者的观点也未必前卫，未必新潮，但是笔者本来就无心追潮，不过是以心论心，尽力从自己所处的时代阐发作者的本意罢了。这当中也许由于笔者见识短浅，有违作者本意的评说，那么就此敬请各位读者给予教正！笔者不尽感谢。

2012 年初秋，完稿于津门知不足斋